# CAÇADORES DE SOMBRAS

DANIEL BLYTHE

# CAÇADORES DE SOMBRAS

Tradução
*Cláudia Mello Belhassof*

Rio de Janeiro | 2012

Originalmente publicado em 2012, na Inglaterra, sob o título *Shadow Runners* pela Editora Chicken House, 2 Palmer Street, Frome, Somerset, BA11 1DS.

*Copyright* © Chicken House Publishing Ltd.

*Copyright* do texto © Daniel Blythe 2012

O autor reivindica seus direitos morais.

Todos os direitos reservados.

Título original: *Shadow Runners*

Capa: Silvana Mattievich

Ilustração de capa: Steve Wells

Editoração: FA Studio

Texto revisado segundo o novo
Acordo Ortográfico da Língua Portuguesa

2012
Impresso no Brasil
*Printed in Brazil*

Cip-Brasil. Catalogação na fonte
Sindicato Nacional dos Editores de Livros, RJ

| B598s | Blythe, Daniel |
|---|---|
| | Caçadores de sombras / Daniel Blythe ; tradução Cláudia Mello Belhassof – Rio de Janeiro : Bertrand Brasil, 2012. |
| | 252p. : 23 cm |
| | Tradução de: Shadow runners |
| | ISBN 978-85-286-1595-1 |
| | 1. Ficção inglesa. I. Belhassof, Cláudia Mello, 1965-. II. Título. |
| 12-3366 | CDD: 823 |
| | CDU: 821.111-3 |

Todos os direitos reservados pela:
EDITORA BERTRAND BRASIL LTDA.
Rua Argentina, 171 — 2º andar — São Cristóvão
20921-380 — Rio de Janeiro — RJ
Tel.: (0xx21) 2585-2070 — Fax: (0xx21) 2585-2087

Não é permitida a reprodução total ou parcial desta obra, por quaisquer meios, sem a prévia autorização por escrito da Editora.

Atendimento e venda direta ao leitor:
mdireto@record.com.br ou (0xx21) 2585-2002

*Para minha família*

## CAPÍTULO 1
# Hora do sonho

Toda noite digo a mim mesma que o sonho não vai voltar. *Não sonhe*, recito, como um mantra. *Não sonhe*. Mas não adianta. Ele aparece desde que nos mudamos de Londres três semanas atrás, e o sono escala meu edredom como sempre, me devorando, me inundando. E eu sonho. E, na escuridão, eu a vejo.

A Forma.

Ela não me causa um choque nem me dá um golpe, assim quando, de repente, vemos uma aranha correndo para se esconder. É mais um frio rastejante, como se a gente estivesse andando em um cemitério ou quando sabemos que tem alguém escondido nos espiando. Fizemos um poema na escola sobre um homem que "anda por uma rua deserta e não tem coragem de olhar para trás". Como continua o poema? Algo sobre um demônio assustador caminhando logo atrás.

Chamo de a Forma porque não sei o que é. É apenas... disforme, como uma sombra tremulante, sempre mudando. Mas de algum jeito eu sei — *simplesmente sei* — que ela é feita de três coisas: fogo, água e a mais pura e fria escuridão.

E então vem o sussurro.
*Miranda. Venha, Miranda. Venha para mim.*
É aí que eu acordo: quando ouço o sussurro.
Tudo bem, você conhece o roteiro. Já viu filmes ruins.
Quando as pessoas atuam "acordando de pesadelos", elas engasgam, *uuuuh!*, e de repente se sentam na cama. Só que isso não acontece *mesmo* na vida real. Estou sempre enrolada no edredom ou deitada num ângulo esquisito, atravessada na cama. Mas eu meio que tenho um espasmo, como se estivesse caindo de um ponto muito alto. Então, eu me desenrolo e percebo onde estou — nesta nova casa, este novo lugar —, e meus olhos tentam abrir, apesar da sensação de estarem colados.

Nem tenho esperança de voltar a dormir; então, desço e pego um copo-d'água, tentando não acordar minha mãe nem Trufa. A torneira aberta é um som solitário conforme o céu se transforma de negro em púrpura, as lâmpadas da rua enfraquecem e o mundo desperta. E, a distância, o som do mar.

Não dormir está se tornando um problema.
Eu daria qualquer coisa para não sonhar.

Meu nome é Miranda Keira May. Tenho doze anos, quase treze, e vivo em Firecroft Bay. Está ficando mais fácil dizer. Viemos para cá, eu, minha mãe e meu irmão mais novo, Trufa, depois... bem, depois do que aconteceu. Saiu no jornal. As pessoas sabem.

Meu irmão não se chama Trufa, é claro — o nome dele é Thomas Patrick Zachary May. Mas, assim que ele nasceu, passei a chamá-lo de Trufa porque, quando o vi pela primeira vez, ele estava embrulhado em uma toalha felpuda, como uma trufa de chocolate. O apelido meio que pegou.

Ah, e Patrick vem do meu pai, Patrick May. Sim, *o* Patrick May, conhecido como Paddy May, o homem que o pessoal chamava de Mr. Tevê. O cara do *May Apresenta*, o maior programa de bate-papo das tardes da TV. Só que não mais.

Sim, eu sinto falta dele. Claro que sinto.

Todo santo dia.

Penso em como ele costumava me levar para nadar, ao parquinho e ao cinema. Como ele sorria e nunca se zangava, e sempre me chamava de Panda, apelido que me deu desde que eu era quase um bebê.

Mas agora ele se foi, e minha mãe nos trouxe para este lugar sem saída. Dullsville. Os fundos do além, o meio do nada, o fim do mundo. Um lugar triste, nos dois sentidos da palavra: como em um filme triste, tipo *Bambi*, e no sentido "seu triste perdedor". É o tipo de cidade que as pessoas escolhem para morrer. Onde o ar tem cheiro de peixe e alga, tudo se destacando em meio a um cheiro estragado de mar. Onde velhos se amontoam em abrigos de frente para o mar no vento frio e salgado, para tomar sorvetes que derretem, e adolescentes de bicicleta tagarelam de um lado para o outro da Esplanada, mostrando a língua para eles.

Algumas vezes, uma névoa fria e sorrateira chega do mar. É tão densa que mal dá para ver aonde se está indo e pode durar umas poucas horas ou alguns dias. Minha mãe diz que, onde ela cresceu, chamavam de "irritação marinha".

Não tem nem *areia* aqui. Somente pedrinhas até onde o olhar alcança, do porto até Whitecliff e a luxuosa marina, onde ficam os pequenos flats e os barcos caros. Há um píer sem graça, que parece estar fechado a maior parte do tempo, e fileiras de casas de veraneio e hotéis em cores pastel, com nomes alegres como Sunrise e Bayview, embora todos tenham cartazes de "Há vagas" pendurados nas janelas, e a pintura esteja descascando.

A cidade em si é legal, acho eu. Tem um shopping, um cinema, um campo de futebol e um parque com rampa de skate. Na praça central, uma abadia do século XV com aparência fantasmagórica se destaca contra o céu. E, atrás da abadia, bem na fronteira da cidade, há uma enorme estação de energia, vazia no momento, construída somente para algum tipo de mudança no fornecimento de energia.

Nossa nova casa, a Velha Casa do Vigário, fica a uns cinco minutos da praia. É uma robusta casa de pedra, afastada da rua por uma entrada de cascalho e portões de ferro. Minha mãe diz que é vitoriana. Às vezes, acho que vejo formas escuras pulando de telhado em telhado. São apenas gaivotas, assim espero. Ou gatos. Mas estou começando a me sentir cercada de sombras.

E esse nome — Firecroft Bay. Fiquei pensando nele, no início, mas não tem nada a ver com fogo. Pesquisei, e o nome vem do inglês antigo *firencroeft*, que significa "maldade". No mau sentido. O que isso quer dizer? Que tipo de maldade aconteceu aqui? Estou sempre pensando nisso.

Sinto falta da minha antiga casa, mas não vamos voltar para lá. Londres está agora no passado, e nossa nova vida, aqui, embora meu pai nunca vá estar.

Não tenho certeza de como me sinto a respeito disso, mas estou sobrevivendo.

## CAPÍTULO 2
# Gelo

**VELHA CASA DO VIGÁRIO: SEGUNDA 08:10**

— Tenha um bom dia, meu amor.

Minha mãe me dá um abraço no corredor. Ninguém nos vê — bem, só Trufa de sua cadeirinha na cozinha —, então eu deixo, sem me afastar. Estou cansada hoje de manhã; não dormi bem de novo ontem à noite.

Olho para meu relógio prateado e fino. Saber o dia, a hora e onde estou é importante para mim. Meio que me ajuda a entender o mundo à volta. E o relógio foi o último presente do meu pai. Uso o tempo todo.

— O ônibus sai em dez minutos — digo. São três quilômetros pela costa até a escola. Onde eu morava, a escola ficava a apenas algumas ruas da nossa porta da frente, e todo mundo se conhecia.

Aqui não é assim. Tenho que começar do zero.

— Você vai fazer vários novos amigos — diz minha mãe —, então pense nisso como uma oportunidade.

Olho em seus olhos. Estão cansados e enrugados, e os cabelos começam a ficar grisalhos. Ela os cortou curtos, tipo joãozinho. Se você olhar as fotos dela um ano atrás — quando meu pai ainda estava vivo —, verá que seu rosto era jovem e liso, seus cabelos, longos e castanhos. Agora parece outra pessoa. Não fala muito sobre tudo o que nos trouxe para cá. E também está tentando ver as oportunidades: já tem consultas marcadas, pessoas que querem sua "terapia holística" — tratamentos alternativos de cura.

Dou de ombros.

— É só escola. O que pode dar errado?

**ESPLANADA: SEGUNDA 08:20**

Há um grupo de crianças vestidas com blazers e gravatas azuis amontoadas no ponto de ônibus. Agarro as alças da mochila e tento fazer um olhar de durona. Imediatamente me sinto isolada porque ainda não tenho uniforme; estou usando um jeans sem graça e um casaco simples com capuz. Eu me encolho por dentro, mas ninguém olha na minha direção.

Embora seja fim de abril e haja um pouco de luz do sol, ainda venta frio. O mar está cinzento e agitado. O Homem da Espreguiçadeira está abrindo sua barraca e parece esperançoso. Eu o conheci ontem. Ele acena para mim, e eu de volta para ele.

— Por que você está acenando? — pergunta uma garota alta que está de pé ao meu lado. Sua voz é fria. Ela tem um rosto anguloso e olhos verdes penetrantes, e está usando uma trança longa e elegante. Parece mais velha do que eu. — E está espremendo os olhos.

Sinto que começo a corar.

— Não estou.

— Está, sim. Você parece um furão.

— Os furões espremem os olhos? — pergunto com tranquilidade, tentando ignorar a grosseria.

Ela dá de ombros.

— Não faço ideia. — Então, estende o longo braço e aperta minha mão. Isso é estranho, formal. Como se tivesse a idade da minha mãe. — Sou Callista McGovern. Pode me chamar de Cal. Você é nova, certo?

— Miranda May. Estou começando hoje.

Eu ia falar mais, mas o ônibus chegou. As portas se abrem com um *psssht*, e há correria e empurrões enquanto os garotos maiores entram na frente. Acabo no fim da fila e só consigo embarcar pouco antes de as portas se fecharem. O ônibus rateia e sacoleja pela rua que beira o mar.

Seguro-me desesperadamente, tentando não acertar as outras crianças com a minha mochila. O ônibus é fechado e sem ar, e tem cheiro de loção pós-barba fedorenta, chiclete de menta e perfume barato. Mas, mesmo com todos esses corpos à volta, ainda sinto frio. Por quê?

— Você vai gostar da escola — diz Cal, que está pendurada ao meu lado. — Um dia. — Ela parece muito arrogante e inteligente, e não me olha nos olhos quando fala.

Por que ela está se preocupando em falar comigo, se não gosta de mim? É meu primeiro dia, e só quero ficar de cabeça baixa.

— Entendi — digo sem muita certeza.

Uma garota algumas fileiras à frente gira no assento para me encarar. Parece ter uns dez anos. Ossuda e magra, com rabo de cavalo louro. Encaro de volta, mas ela tem olhos intensos que fazem eu me encolher por dentro. Afasto o olhar.

Mas ela não é a única interessada na garota nova. Um garoto sentado perto dela está enviando mensagem de texto, mas olha para mim de vez em quando. Várias vezes. É como um tique nervoso. Os cabelos são tão claros que parecem um halo branco, e ele está usando óculos de armação azul e um casaco de acampamento, por incrível que pareça. Deve ter a minha idade.

Olho pela janela, escapando dos olhares curiosos. O ônibus sacoleja e treme, contornando a velha baía dos contrabandistas e passando por um pub chamado Barrel of Rum. Ele faz uma curva acentuada perto do farol, na parte mais distante de terra, e lentamente começa a subir a montanha até a cidade.

Então, percebo algo esquisito: está tão frio que consigo ver meu hálito.

Os garotos na parte de trás do ônibus pararam de empurrar e provocar uns aos outros, e agora estão tremendo e fechando os casacos.

— É sempre tão *frio* aqui? — pergunto a Cal. — Estamos em abril.

— Não — responde Cal, pensativa. Ela está com a palma da mão encostada na janela. — Não é sempre frio assim. — Ela arrasta um dos dedos na parede do ônibus e o levanta. A ponta do dedo está forrada de minúsculos cristais brancos. — Gelo — murmura e vira-se para um garoto com cabelos amarfanhados sentado atrás de nós, mostrando o dedo para ele. — Josh? — chama, com uma voz questionadora.

Ele lhe lança um olhar penetrante, tira os fones de ouvido do iPod e se levanta rapidamente. Acho que ele é alguns anos mais velho do que eu.

A temperatura no ônibus caiu ainda mais e está cortante como num dia de inverno; todos se entreolham, apertando blazers e casacos em volta do corpo. Por uma fresta na janela, consigo ver que ainda tem sol lá fora; as pessoas estão sem casaco. Mas meu rosto começa a ficar dormente.

E o ônibus está *rangendo.*

— Olhem! — grita a Garota do Rabo de Cavalo. — Olhem para o teto.

Todos no ônibus olham para cima.

*O teto está enrugando e faiscando como o teto de uma caverna de gelo, e estalactites azuis e brancas e começam a se formar, brotando como coisas vivas do teto de metal. As janelas estão congelando, rachando, lascando.*

O mundo parece andar em câmera lenta. A realidade mudou. Sinto como se estivesse no coração de uma tempestade de neve, tudo batendo e girando à minha volta, mas estou a quilômetros de distância de tudo.

— Uau! — ouço Cal dizer e depois cantar: — Ice, ice, *baby.*

Pisco e sou jogada de volta ao mundo real.

Está acontecendo de verdade. O ônibus está coberto, por dentro e por fora, de gelo cintilante.

O garoto chamado Josh se vira, corre até a frente do ônibus e bate na parede atrás do motorista.

— Pare! — grita ele. — Pare o ônibus! — Ele se vira para Cal com a feição muito séria. — Precisamos evacuar o ônibus. Tire todo mundo *agora*!

O motorista freia bruscamente, abre a porta da cabine e pula para fora.

— Crianças, o que vocês estão aprontando? — resmunga.

— Quando chegar à escola, vou... — Ele para abruptamente quando vê o que está acontecendo à volta. — Caramba — comenta baixinho.

Cal passa correndo por ele e soca o controle da porta de emergência. As portas gemem e rangem, depois se abrem espalhando gelo.

— Venham, mortais! — ordena Cal. — Todo mundo para fora, rápido e em silêncio.

*Mortais?* Não consigo deixar passar. Sinceramente, que vaca arrogante.

Mas todo mundo obedece. Que estranho. É como se Cal tivesse uma autoridade natural além de sua idade. Mas ninguém sai rápido e em silêncio. Há uma correria apavorada, e, por um instante, sou arrastada com as crianças de blazers azuis, e meus pés escorregam. Quando estou prestes a perder o equilíbrio, uma mão me agarra e me puxa para o lado. Olho para cima e vejo Josh me olhando através dos cabelos amarfanhados. Consigo sorrir para agradecer, mas ele não retribui o sorriso. Há algo penetrante em seus olhos azuis. Como Cal, penso. Exatamente como Cal.

E o que Cal está fazendo, agora que todos saíram do ônibus? Está raspando um pouco de gelo da janela com um canivete. Depois ela o coloca dentro do que parece um pequeno frasco de amostra e guarda no bolso.

— Vamos, cambada! — grita o motorista na porta. — Tenho que comunicar isso à rodoviária. E vocês vão a pé para a escola!

Do lado de fora, o calor do dia de primavera me atinge, mas o ônibus ainda está congelando. A tinta vermelha começa a desaparecer sob uma camada grossa de gelo. É como se a coisa toda estivesse se transformando num bloco sólido. Boquiabertos, os alunos se agruparam para olhar. Motoristas e passageiros diminuem o ritmo para observar.

É inacreditável. Nunca tinha visto nada assim.

Então, vejo Josh, Cal, a Garota do Rabo de Cavalo e o Garoto do Casaco de Acampamento juntos, longe de todo mundo. Estão falando baixinho, mas com um tipo de... energia. É um grupo

estranho, penso de repente. Uma mistura esquisita. O que eles podem ter em comum? Então, entendo. A energia...
*Eles estão empolgados.*
Sinto um arrepio na espinha e sei que não tem a ver com o ônibus ridiculamente frio. É apenas a sensação de que esta manhã é o começo de algo grandioso, algo que vai mudar minha vida para sempre.

**ESCOLA SECUNDÁRIA KING EDWARD VI: SEGUNDA 8:55**

Nada como quase sofrer um desastre para começar a manhã. Facilita um pouco todo o ritual complexo de ficar em fila, ser encarada e conhecer o local.
Todo mundo está falando do assunto nos corredores. Dá para ouvir quando passamos perto. Blá-blá-blá.
— Disseram que foi uma tempestade. Nevou dentro do ônibus!
— Ouvi dizer que eles não conseguiam *enxergar*.
— É, me falaram que as *pálpebras* deles estavam congeladas!
— Não, me contaram que eles ficaram presos lá dentro por causa do gelo e tiveram que cavar a saída com uma lata enferrujada de Coca-Cola.
Minha professora é a srta. Bellini. Gosto dela de cara. Ela é alta, negra e posuda, com bochechas salientes, dentes perfeitamente brancos e óculos estilosos. Seus cabelos curtos dão uma aparência de "professora doida", espetados e meio despenteados, mas tenho a sensação de que ela paga muito caro para eles ficarem assim.
— Encontrem um assento, pessoal — diz ela, enquanto entramos na sala. O sotaque parece americano. Por um momento, acho que o olhar dela repousa em mim, como se estivesse me observando com atenção, me avaliando. Mas o momento passa. Talvez eu tenha imaginado.

Acabo sentando perto de uma garota com cabelos pretos encaracolados, brincos de argola grandes, piercing no nariz e olhos de panda por causa do delineador. Ela também não está usando uniforme. De alguma forma, conseguiu vir para a escola com um moletom surrado dos JumpJets, short jeans desfiado, meia-calça arrastão preta e botas góticas com fivelas. Está maneiro, meio cigana. Ela também deve ser nova.

Na minha frente está a garota do rabo de cavalo do ônibus. O que *ela* está fazendo na minha turma? Parece nova demais.

A Garota Cigana percebe que estou olhando. Ela cobre a boca com a mão.

— Está vendo ela? — sussurra, apontando com a cabeça na direção da Garota do Rabo de Cavalo.

— Sim. — sussurro de volta.

— Alyssa-Mae Myers. Lyssa, como ela prefere. Tem só nove anos, sabe? Mas ela meio que pulou de ano depois de achar as aulas da escola primária muito fáceis. Antes de completar sete anos, ela reescreveu o cronograma. E fez os exercícios de matemática do vestibular no tempo livre e criou um idioma só por diversão.

— Parece uma *idiota* — sussurro, olhando para o rabo de cavalo de Lyssa.

— Esse é o problema. Não é. É uma garota normal. Gosta de patins e boliche e tal. Vive numa casa popular com a mãe. — Ela faz uma pausa. — Mas tem algo meio estranho nela.

Não diga? Vou arquivar a informação para futuras referências.

— Sou Miranda — digo à Garota Cigana.

Ela assente.

— Jade.

— Seus cronogramas! — diz a srta. Bellini. — Por favor, prestem atenção. Seria uma vergonha se vocês fossem parar no lugar errado...

## SEGUNDA 12:47

Ando rapidamente pelo corredor, com os olhos baixos. Parece que estou indo na direção contrária à de todo mundo. Olho para cima por um instante e vejo, no fim do corredor, os cabelos amarfanhados. É Josh. Está sozinho, de costas para mim, e falando baixinho ao celular. Eu me aproximo.

— ... precisamos conversar. — Ouço. — E analisar aquela amostra agora mesmo. O laboratório de química está vazio.

Ele fecha o celular com força e o coloca no bolso. Então, ergue a cabeça e me vê.

— Oi — digo.

— Ainda não está perdida? — pergunta ele de um jeito simpático.

— Não, não. Só... — Olho em volta buscando inspiração — ... procurando o quadro de avisos do clube de rounders.* Quero participar.

— Ah, *esportes*. É, tudo bem você gostar desse tipo de coisa, acho.

— É, eu gosto.

Jade também já me contou tudo sobre esse cara. Josh Barnes, refugiado da escola pública depois que o pai perdeu todo o dinheiro.

Ficamos em silêncio. Ele baixa o olhar para mim, como fez no ônibus, e seus olhos azuis parecem ficar mais penetrantes.

---

* Tipo de beisebol típico da Inglaterra. (N.T.)

Dou um passo para trás.

Tudo bem, *isso* parece estranho. Ele não está me olhando como se gostasse de mim ou quisesse me agarrar ou algo assim. Bem, eu saberia lidar com isso. Eu o mandaria para aquele lugar. (Sim, eu mandaria.) Não, é mais estranho do que isso. Ele parece quase... intrigado.

— Interessante — ele acaba dizendo, e só então percebo que estava prendendo a respiração. — Foi o que pensei no ônibus. Nível baixo e básico, mas você *é*...

Dou outro passo para trás.

— O que você está dizendo?

— Meu conselho, Miranda. Mantenha a cabeça baixa e, se alguém perguntar o que aconteceu no ônibus, diga que não tem a menor ideia, certo?

Antes que eu consiga perguntar como ele sabe meu nome e dizer que não tenho ideia do que aconteceu no ônibus, ele se vira e sai andando na direção do pátio, com as mãos nos bolsos.

Quando toca o sinal do fim do almoço, fico paralisada.

O que ele quis dizer com "você é"?

Sou *o quê?*

CAPÍTULO 3
# Vista para o mar

**VELHA CASA DO VIGÁRIO: SEGUNDA 15:55**

— Teve um bom primeiro dia? — pergunta minha mãe, colocando uma xícara de chá forte e quente sobre a mesa de madeira da cozinha na minha frente.

Olho para ela com gratidão.

— Nada mal, mãe. Obrigada.

Nem sempre eu bebo chá — o sabor é meio amargo para o meu gosto —, mas a caneca aquece minhas mãos frias. E há algo adorável no chá, apesar do amargor; algo reconfortante e com cara de entardecer de um sábado de outono. Isso me faz lembrar de quando eu me aconchegava no meu pai para ver os resultados do futebol ou *Strictly Come Dancing*.*

Minha mãe se senta à mesa na minha frente. Como sempre, diversos livros e papéis estão espalhados na frente dela. Trufa está tirando uma soneca.

---

* Programa de televisão britânico em que celebridades competem entre si acompanhadas de dançarinos profissionais. (N.T.)

— Sua revista pop chegou — diz, empurrando-me a *NME*.

Sorrio satisfeita. *Sua revista pop*. Ela sempre a chama assim. Já desisti de esclarecer.

Sua caneta rabisca as páginas do caderno, e eu o folheio. Nenhuma notícia dos JumpJets, pelo que estou vendo. O grupo Barometric vai se separar — bem, isso não é uma surpresa, Sherlock, já que todos eles se odeiam. Descobri isso no site deles há alguns dias. E MC Salacious é candidato a remixar o novo single do Calvino Brothers. Vai ficar um *lixo*.

Minha mãe suspira e empurra os óculos para o alto da cabeça.

— Conheceu alguém legal hoje?

Dou de ombros.

— Algumas pessoas.

— Como é sua professora? Srta. Bellini, não é?

— Ela é legal. Meio rígida, de poucas palavras. Mas agradável.

Minha mãe repousa a caneta por um instante e cruza as mãos.

— Miranda — diz, e o jeito como diz meu nome me faz fechar a *NME* e me ajeitar na cadeira.

— Sim, mãe?

— Você me contaria, não é, se algo... estranho acontecesse na escola? Algo que a deixasse desconfortável?

*Como o ônibus congelar sem nenhum motivo no meio de abril, mãe? É esse tipo de coisa que você tem em mente? Como um garoto esquisito mais velho olhando nos meus olhos e me dizendo que sou alguma coisa, e eu não sei o quê?*

Não sei o que dizer a ela sobre Josh, mas sei que ela vai saber do incidente no ônibus. A história vai se espalhar em breve pela cidade. Tento parecer casual.

— Ah, o ônibus quebrou, e tivemos que ir a pé. Foi estranho, na verdade. Acho que... o termostato parou de funcionar ou coisa assim. O motorista não gostou nada.

Minha mãe sorri, depois hesita, como se estivesse avaliando alguma coisa.

— Você é muito importante para mim, Miranda — diz por fim. — Muito importante em vários sentidos. Apenas... tome cuidado.

Ela desaparece no andar de cima para dar uma olhada em Trufa, mas suas palavras ecoam na minha cabeça, como se tivessem algum significado estranho que eu ainda desconheço.

### PARQUE CRAGHOLLOW: SEGUNDA 17:34

Estou passeando pelo parque sozinha, andando de skate, ouvindo meu iPod e me perguntando se algum dia terei amigos. E me sentindo arrasada. Tento fazer alguns flips na rampa de skate, mas erro todos.

Para minha surpresa, vejo Jade, que senta perto de mim na sala de aula. Ela está no carrossel de madeira, empurrando com o pé de forma a girar com suavidade. Está mascando chiclete e me observando com um sorriso divertido. Quando nossos olhares se encontram, ela me oferece um. Vou até ela com cuidado e pego. Agradeço fazendo um gesto com a cabeça. Ela faz o mesmo gesto. Por alguns instantes, não falamos nada.

— Até que você é boa nisso — acaba dizendo, apontando o skate com a cabeça.

Sinto o rosto corar e me sento ao lado dela.

— É, bem, preciso praticar um pouco mais. Não estou acostumada com esta rampa. Você é de Londres? Não tive oportunidade de perguntar.

— Sou.

— Eu também. De onde?
— Lewisham. E você?
— A gente morava em Cricklewood.

Ela sorri.

— E o que trouxe você para este fim de mundo?
— Bem, foi por causa do trabalho da minha mãe — respondo, sem querer me aprofundar. — E você?

Ela dá de ombros e não me encara.

— Umas coisas aí — responde e fita o além, mascando chiclete, como se não tivesse muita certeza se pode confiar em mim.

Faz-se uma pausa.

— Você conseguiu entrar com esse moletom dos JumpJets na escola.

Ela ri, olhando para a roupa.

— É, mas não vou conseguir de novo. A srta. Bellini já me avisou.

— Você foi ao show de graça na praça Trafalgar? — pergunto. Foi a única vez que vi minha banda favorita. Um set de quatro músicas que fazia parte do show beneficente de uma estação de rádio. O tio Jeff e a namorada dele me levaram. Minha mãe ainda não me deixa ir a "shows de verdade".

Jade olha para mim e sorri.

— Você estava lá mesmo?
— Estava.
— Uau, nós duas estávamos. E agora estamos aqui. Que estranho, hein!

Depois de cinco minutos, estamos conversando abertamente. E, depois de duas horas, somos quase velhas amigas. O nome todo dela é Giada-Divina Verdicchio. Ela teve que soletrar para mim. É italiano.

Quando o sol se põe, passo um tempo andando por Firecroft Bay com Giada — Jade. Comemos batatas fritas, olhamos as vitrines e os fliperamas iluminados e pensamos em como tudo é tão diferente de Londres. Como é alienígena. E não gosto desse cheiro pungente de morte.

— As pessoas achavam que era ozônio — digo a Jade. — Como ar cheio de oxigênio, muito bom para as pessoas; mas são apenas algas podres.

— Eca. Algas podres, peixe e fritas, e algodão-doce.

— É, esse é o cheiro de Firecroft Bay. Delícia, hein!

— É nojento.

Jade conta que as pessoas disseram que o lugar volta à vida em algumas semanas, quando o pessoal que está de férias desce com sorvetes pingando e bebês gritando. Mal posso esperar. Até parece!

Mas, pelo menos, tenho uma amiga com o mesmo gosto musical.

Tudo estaria melhorando se não fosse a esquisitice no ônibus e aquelas quatro crianças estranhas que agiram como se soubessem algo sobre mim.

E a Forma, claro. Sempre a Forma.

**ESCOLA SECUNDÁRIA KING EDWARD VI: QUARTA 15:15**

Hora de ir para casa. Liberdade. Estamos saindo, descendo as escadas e atravessando o parquinho, um rio enorme de crianças falando, rindo e gritando, e todas as coisas que nos acompanham: mochilas balançando, camisas para fora das calças, miolos de maçã mordidos, casacos jogados e arrastados.

Meu uniforme chegou, então não me destaco tanto. E comecei a entrar na rotina. Passo quase de modo natural pelo portão, com a mochila pendurada casualmente. Posso afrouxar a gravata, fingir que faço parte deste lugar. Esse é o segredo. É assim que você evita ser percebido, evita ser humilhado. Consigo fingir confiança, digo a mim mesma. Tenho que me mostrar assim para o mundo, embora esteja morrendo por dentro.

Mas não falo sobre meu pai. Nem mesmo com Jade. Ainda não.

Ela está me esperando do lado de fora do portão. Usa batom brilhoso, brincos gigantes e a gravata amarrada pela metade, com cerca de três botões abertos na camisa. Está mascando chiclete e seus olhos se escondem sob óculos escuros. Um garoto diz algo grosseiro para ela, e Jade devolve uma resposta, mostrando o dedo para ele. Sorrio e acelero o passo.

E aí os vejo.

É a primeira vez que os vejo juntos desde o ônibus. Todos sentados sobre um banco como pássaros em cabos de telefone. Todo mundo mantém distância deles, como se houvesse uma zona de exclusão à volta.

Josh Barnes, desengonçado e descabelado, em um sobretudo escuro que parece grande demais para ele. Não o tinha visto desde aquela conversa esquisita no corredor. Será que ele se preocuparia em me evitar? Cal McGovern, inclinada para a frente de propósito, com o cabelo incandescente brilhando ao sol de abril. Lyssa Myers, com uma expressão ameaçadora, como se eu tivesse acabado de roubar seu lápis da Hannah Montana. E o garoto com cabelos louros quase brancos espetados e óculos com lentes coloridas. Ele está ouvindo alguma coisa no fone de ouvido e batendo um dedo na palma da mão. Já descobri o nome dele: Oliver Hanwell.

Todos eles me olham.

Quero confrontá-los. Quero dizer: *Qual é o problema de vocês?* Uma atitude meio Jade, talvez. Mas ainda sou novata aqui. Estou apenas começando a entender tudo. Cheguei até aqui sem arrumar encrenca e não pretendo começar agora.

Dando um último olhar nervoso sobre o ombro, eu me junto a Jade no portão.

— Tudo bem? — pergunta ela.

— É, nada mal.

Dou um peteleco no brinco esquerdo dela.

— A regra diz apenas brincos de botão.

Ela força um sorriso.

— Sendo eu, consigo burlar qualquer coisa. — Ela percebe meu olhar desviando para o grupo no banco. — Esquisitos — comenta. — Não se preocupe com eles.

— Por que eles andam juntos?

Jade dá de ombros.

— Sei lá. Você realmente se incomoda com eles? É isso que os esquisitos fazem, né? Vem, vamos para a Esplanada.

Eu a sigo, saindo pelo portão e caminhando ao longo da cerca da escola.

Mas minha cabeça não está na nossa conversa. A luz do sol tremula nos postes de metal da cerca, piscando nos meus olhos. Tenho certeza de que ainda posso sentir quatro pares de olhos me acompanhando enquanto desço a ladeira, passo pelos tetos cobertos de telhas e vou em direção à orla enevoada. Olhos dentro da minha cabeça.

Então, eu olho de volta para eles.

Lyssa Myers é um gênio. Eles não estavam brincando. Na aula de química, ela senta bem na frente e sabe a resposta de *tudo*.

Tipo: "Cloridrato de hidrogênio, professora!"

Ou: "Sublimação, professora!"

Entende o que estou dizendo?

Os braços dela sobem e descem como um ioiô. Ela parece saber as respostas antes de a srta. Bellini terminar de perguntar.

Hoje a srta. Bellini começou a aula como uma conjuradora, produzindo quatro bolas de pingue-pongue do nada — duas vermelhas na mão esquerda e duas azuis na direita.

Todos engasgam. Exceto Jade, que diz *"Tã-dã!"* com sarcasmo e faz todo mundo rir, inclusive a srta. Bellini.

— Moleza! — diz a srta. Bellini, com um sorriso, depois bate as bolas umas contra as outras. Elas se unem numa massa azul e vermelha. — Agora... Miranda May.

Eu me ajeito rapidamente na cadeira.

— Sim?

Jade me chuta por baixo da mesa.

— Cuidado — murmura.

— Pegue! — diz ela e joga o modelo para mim.

Eu pego. Espertinha. O treinamento de rounders está sendo útil.

— Ótimo! — diz a srta. Bellini, acenando com a cabeça. — Agora... pode me dizer o nome de algo cujo núcleo é parecido com isso? Hein? — Ela me olha sobre os óculos. — Qual elemento?

— Hmmmm...

Estou pensando demais. Eu sei isso. Aprendemos há pouco tempo.

— Vou lhe dar uma pista — diz a srta. Bellini. — Ele faz a gente *falar desse jeito* — e solta uma voz esganiçada e esgoelada, que faz todo mundo cair na gargalhada. — Ok, ok! — diz ela e ergue as mãos, e o burburinho se desmancha como num passe de mágica. Ela faz outro sinal para mim com a cabeça. — Miranda?

Entendi, é claro.

— Hélio, professora.

— Isso! Hélio.

E a srta. Bellini sorri para mim.

E é assim que eu me viro, em geral. Estou cansada por causa do sonho, por não dormir, mas na escola sou quase normal. Vou mais ou menos bem em ciências, bem em matemática e inglês, mantenho a boca fechada em religião e me viro em francês. *Jean-Paul est dans le jardin* etc. Blá-blá-blá. Me acorde quando o Jean-chato-Paul fizer algo emocionante.

**QUINTA 14:15**

Decidi que não gosto de ser observada. E eles ainda estão me olhando. Sei que estão. Preciso descobrir o que está acontecendo antes que isso me deixe louca. Então, bolei um plano.

No intervalo da tarde, vejo Ollie Hanwell desaparecer pelo corredor em seu casaco de acampamento. Dá para ver os cabelos louros brilhantes a um quilômetro de distância. Quando estou prestes a ir atrás dele, Jade aparece ao meu lado.

— Tudo bem, amiga? — Ela me pega pelo cotovelo. — Por que você está bisbilhotando por aqui?

— Hmmm, tenho... algo a fazer. Desculpe.

— Uau, missão secreta. Vai *encontrar* alguém?

— Não, nada disso.

— Ah, é? — Ela sorri com expectativa, girando sobre o salto. — Quem é o gostoso? Tem alguém esperando para agarrar você no laboratório de biologia?

— Cinco minutos — peço, erguendo a mão. — Me dê apenas cinco minutos.

Saio correndo pelas portas vaivém no fim do corredor. Corro muito rápido, passando pelo laboratório de idiomas e as salas de aula, e escorrego no fim, quase perdendo o equilíbrio. Sem fôlego, desço as escadas, pulando os últimos três degraus, e viro a esquina, bem a tempo de ver Ollie desaparecer em direção à quadra de esportes. Corro atrás dele.

Eu o encontro no banco perto do pavilhão, calçando as botas de rúgbi. Sento perto dele, olhando para ver se percebeu minha presença, e abro o pacote de bala de menta que tenho no bolso.

— Tarde fria — digo.

Ele levanta o olhar, estreita os olhos como se quisesse me encontrar e sorri.

— Ah, é *você*. Miranda, certo?

Então, ele também sabe meu nome. Será que os Esquisitos andaram falando de mim além de me observar?

Penso se devo mencionar isso. Decido não falar, por enquanto. É melhor ser fria e distante. Jogar o jogo deles.

— Como a bolsa — digo.

— Sério? — Ele parece preocupado, como se quisesse descobrir se estou brincando. Na verdade, não é muito surpreendente, já que é apenas a marca de uma bolsa esportiva.

— Estou procurando uma como essa. Onde você comprou?

— Hmmm... não me lembro — responde ele, concentrando-se em amarrar as botas. — Você se importa? Tenho... coisas a fazer.

Levanto as mãos.

— Desculpe. Não se incomode comigo.

Ele assente.

— Está bem. Nos vemos por aí — diz, olhando para mim com curiosidade uma última vez.

— Claro. — Aceno enquanto ele desaparece para jogar rúgbi.

Assim que ele some de vista, enfio a mão na bolsa dele e encontro o que estou procurando. Depois me permito expirar. E saio correndo, atrasada, para repetir coisas em francês, sentindo a forma fina e plana do celular de Ollie Hanwell enfiado no bolso interno do meu blazer.

Missão cumprida.

## VELHA CASA DO VIGÁRIO: QUINTA 16:05

Roubando? O que você quer dizer com *roubando*?

É mais complicado que isso. Tenho um plano. Vou descobrir do que se trata essa história toda. Porque, desde que cheguei aqui, muitas coisas não estão fazendo sentido. E coisas que não fazem sentido me agitam por dentro, fazem meu coração disparar e meu corpo ficar tenso, dolorido. Preciso fazer algo. Não posso fazer nada a respeito da Forma e do sonho, mas posso descobrir por que esses quatro Esquisitos ficam me olhando. E, se for necessário, hummm, *pegar emprestado* o celular de alguém, é isso que eu vou fazer.

Vou devolver.

Assim que conseguir a informação de que preciso.

Minha mãe está alimentando Trufa. Ele está sentado na cadeirinha dele com um tipo de purê de maçã em volta da boca, e arregala os olhos quando jogo a bolsa sobre a mesa da cozinha.

— Oi, mãe. Oi, Trufa.

— *Manja!* — diz Trufa todo feliz e aponta para mim.

Minha mãe, com os cabelos bagunçados e os óculos no alto da cabeça, para com a colher a meio caminho da boca de Trufa.

— Tash vem perto das cinco. Preciso sair para visitar o lar dos idosos. Tenho alguns clientes lá.

Esse é o tipo de coisa que minha mãe faz o tempo todo. Fui acostumada a uma sucessão de "ajudantes", como ela chama, que vêm cuidar de mim e do Trufa. Tash deve ser a atual.

— Tenho que sair daqui a pouco — digo. — Preciso... colher umas conchas.

— Conchas?

— Para... a aula de ciências. Um projeto — digo, tentando parecer vaga, mas também como se tivesse dado uma resposta completa.

Não é fácil mentir para minha mãe.

— Ah, tudo bem — diz ela, mas me lança um olhar estranho.

Corro escada acima, com os pés fazendo barulho nos degraus, disparo para dentro do meu quarto e me jogo na cama.

Pego o celular de Ollie, ligo-o com o dedão e começo a analisar as mensagens. Isso é intrusivo. Sinto-me culpada. Mas agora sou uma detetive. Em breve, ele vai sentir a falta do celular e fazer o que eu faria: ligar para o próprio número e ver quem atende. Gostaria de pensar que eu não seria idiota o suficiente para atender, mas nunca se sabe.

Cinco minutos depois, tenho as informações de que preciso. Troco de roupa, visto um top e uma legging, e agarro minha jaqueta de couro preferida. Disparo escada abaixo outra vez.

No pátio, amarro minhas botas DM,* faço uma pausa e pego meu skate surrado. Por que não? Preciso me movimentar com rapidez.

— Até mais tarde, mãe!

Bato com força a porta da frente e não ouço o que ela responde.

Por um segundo, olho através dos telhados que descem em direção ao porto. Daqui de cima, o mar é um vasto monstro

---

* Doc Martens. (N.T.)

azul-acinzentado enfeitado de branco, como uma renda, e os gritos das gaivotas ecoam nas nuvens como se estivessem zombando de mim. Hoje o lugar parece mais frio, mais ameaçador de alguma forma. Como se o porto fosse uma armadilha.

Tremendo, afasto esses pensamentos, fecho o zíper da jaqueta e subo no skate; depois faço umas manobras em direção à orla ouvindo a abertura de "Emotional Vandal" (primeira música do álbum de estreia dos JumpJets, *We Will Be Back After This Short Intermission*) a todo volume no fone de ouvido.

**ESPLANADA: QUINTA 16:31**

Não levo muito tempo para encontrar o Hotel Seaview.

Estou surpresa de a mensagem no celular de Ollie ter mencionado o nome, mas aqui está o hotel, e aqui estou eu. Olho o relógio, puxo o cachecol para cobrir metade do rosto e me agacho atrás de um balcão de ferramentas do outro lado da rua, em frente ao hotel. Escondo o skate no balcão, pois não quero me preocupar com ele quando entrar.

O hotel parece ter sido excelente em outras épocas. Ele se ergue sobre a orla como um castelo, com torres e ameias alcançando o céu. Mas está velho e malconservado, agora, e coberto de musgo e líquen. As gaivotas o rodeiam como corvos de castelo. Algumas janelas são cobertas com grades de metal; outras são fechadas com madeira e disfarçadas com pichações grosseiras. Na frente do prédio há letras de ferro desbotadas que dizem SEA I W HO EL. (Parece que alguém quis fazer um cartaz de VET.)* Há lixo na entrada — latinhas de Coca-Cola, embalagens de batatas —, e a porta está gasta e descascando.

---

* "Veterinário" em inglês. (N.T.)

Alguém está andando pela Esplanada na minha direção. É Josh.

Abaixo a cabeça atrás do balcão e observo. Seu colarinho está levantado pelo vento, e ele dá uma olhada rápida para trás antes de subir correndo os degraus da escada do hotel. Acho que ele passa algum tipo de cartão na fechadura e a porta é destravada. Espero dois segundos, enquanto observo a velha porta de madeira se fechando atrás de Josh. Olho rapidamente para os dois lados da rua da orla, corro até o hotel e disparo escada acima.

Não chego a tempo. A porta se fecha.

— Droga!

Tudo bem. Penso por um minuto e tenho uma ideia.

Pego meu cartão da biblioteca e o deslizo entre a fechadura e a moldura da porta. Eu o movimento para cima e para baixo, com o ouvido na porta, como uma arrombadora de cofres. Ouço os passos de Josh se afastando e, quando acho que é seguro, giro o cartão, empurro a porta ligeiramente e ela se abre.

Maneiro, hein! Vi isso no *Burgle My House!*, aquele reality show no canal 99.

Entro puxando a porta e a fecho atrás de mim.

Ela bate com força, e eu dou um pulo, recuando. Será que alguém ouviu?

Aguardo. Silêncio.

Estou no saguão de um hotel em estilo antigo, com iluminação fraca e coberto de teias de aranha. Enormes teias de aranha. Não quero nem pensar no tamanho das aranhas que as fizeram. E também está empoeirado — sou obrigada a colocar um dedo no nariz para evitar um espirro. Há uma mesa de recepção de madeira com um sino enferrujado e uma enorme escadaria que leva à escuridão. No fundo há um velho elevador com uma daquelas grades de metal — e está fazendo um som suave, como um lamento.

Ando na ponta dos pés e atravesso o saguão. Acima do elevador há um mostrador. O ponteiro parou no SS, de subsolo.

Agora sei aonde Josh foi. Devo arriscar chamar o elevador? Meus dedos oscilam sobre o botão, mas penso melhor. Ao lado do elevador há uma porta de incêndio. Abro-a devagar — ela range de maneira alarmante — e encontro dois lances de escadaria de pedra, um que sobe e outro que desce.

Por um instante, estremeço quando o ar frio sobe na minha direção. Mas digo a mim mesma para me conter. Há um mistério aqui, e não vou resolvê-lo se ficar parada sem fazer nada. E eu preciso saber. Ele queima, quase machuca. Por que eu? Por que eles? Por que agora e aqui? Desço os degraus.

A escadaria termina no que parece um estacionamento subterrâneo vazio. Tudo o que vejo são paredes de concreto, pilastras volumosas, jornais espalhados e latas de bebidas. Há até uma churrasqueira abandonada e escurecida.

Então vejo algo. Uma porta de metal entreaberta, no lado oposto, oculta nas sombras. Ando sorrateiramente até ela, abro-a e entro na escuridão. Estou em um tipo de ponte. Olho para baixo e respiro fundo com a visão.

Abaixo de mim há uma extensão de piso de pedra branca, suavemente iluminado por uma fonte que não consigo distinguir. Pontes como esta em que estou se cruzam em diferentes níveis, com escadarias de metal que descem até um espaço que parece uma mistura de laboratório, cripta, chão de fábrica e sala de estar bagunçada.

As paredes escuras são curvadas, e em uma delas há um quadro-negro fosco, coberto de fotos e anotações. Na outra há um mapa iluminado — acho que é Firecroft Bay. Mesas de diferentes alturas estão empilhadas de coisas: computadores destruídos, rádios antigos, placas de circuito, papéis, mapas. Identifico um tabuleiro de xadrez, um pêndulo de Newton balançando e, o mais bizarro, uma mesa de sinuca de tamanho profissional. Uma das mesas está envolvida em uma enorme quantidade de... como se chamam essas coisas que parecem espaguete? Vimos isso na escola uma vez. Cabos de fibra ótica, é isso! Piscando como luzes de Natal e gerando um brilho azul intermitente no ambiente.

Fico de joelhos e engatinho um pouco mais. Agora preciso mesmo me impedir de ofegar. Porque ali, vestida com um jaleco, usando óculos caros e com cabelos bagunçados, está a professora Bellini escrevendo em uma prancheta.

— Nenhum sinal mesmo de vazamento de fluido? — pergunta ela com a voz profunda, e, do meu atual ponto de observação, percebo com quem ela está falando: Josh, debruçado sobre uma mesa, e Cal, sentada com os pés em cima de um computador e lixando as unhas.

— Nada, srta. B. — responde Cal. — Um verdadeiro enigma. — Ela pega algo no bolso e entrega à professora Bellini: um pequeno frasco de vidro. — Só água. Nada estranho.

A professora Bellini ergue o frasco contra a luz.

— Tem que haver *algo* estranho nisso, Callista. Veio do nada.

— Algum tipo de estímulo molecular? — pergunta uma voz animada. É Lyssa Myers, aquele gênio, sentada nas sombras, com as pernas cruzadas sobre uma cadeira. — Um catalisador oculto que causou uma alteração química de alta velocidade?

Não tenho a *menor* ideia do que ela está dizendo.

Nada novo, então.

Meu coração está disparado. Há algo estranho acontecendo aqui. E, o que quer que seja, todos eles estão juntos. Mas o que isso tem a ver com o jeito como estavam me encarando?

— Mas é apenas *gelo* — comenta Ollie. — Gelo puro e simples.

Sim, ele também está aqui — Ollie dos cabelos louros quase brancos, as mãos nos bolsos, andando de um lado para o outro.

Agora consigo ver outra coisa. Na tela de um computador no centro da sala há uma imagem em 3D da forma robusta e inconfundível do ônibus escolar congelado.

Mudo ligeiramente de posição para ter uma visão melhor. E é aí que acontece.

Na quase escuridão, chuto algo com o pé. Uma bola de futebol, ali em cima na ponte. Ela rola e bate na ponte de metal enquanto minha mão voa até a boca, e desce as escadas fazendo *tump-tum-tum-tum-PLOFT*.

Agora já era.

Vejo Josh dar um passo à frente e pegar a bola em um movimento rápido, como um goleiro experiente.

— Quem está aí? — grita ele para cima. — Apareça!

Está bem. Hora de sair daqui.

Ainda agachada, eu me viro, pronta para fugir do jeito que entrei. Mas, assim que me viro, a porta de metal atrás de mim se fecha com um CLANG! que ecoa, bloqueando minha única rota de escape.

Parece que não há mais por que eu tentar me esconder.

Fico de pé, nervosa, e saio das sombras para encará-los.

— Hmmmm... oi — digo e dou o que espero parecer um aceno amigável.

Eles estão de pé lá embaixo no fim das escadas em um semicírculo, olhando para cima — Lyssa Myers sorrindo nervosa,

Josh apoiado na parede, quicando a bola e me olhando com recriminação, Cal, com as mãos nos quadris e franzindo o cenho, e Ollie com a cabeça de lado, olhando para mim como se tivesse certeza de já ter me visto antes.

— Olá, Miranda — diz a professora Bellini, cruzando os braços.

— Desculpe, professora — digo baixinho.

Mas, para minha surpresa, tudo o que ela faz é esticar a mão num gesto de boas-vindas.

— Por que não desce até aqui? Afinal, estávamos esperando por você.

CAPÍTULO 4
# Sombras

Então, o que eu faço?

Não posso me virar e sair correndo. Não posso pedir ajuda por telefone. Tenho que descer as escadas devagar até a cova dos leões.

Minhas botas DM ressoam e ecoam nos degraus de metal.

Todos estão me olhando. Meu coração está batendo como louco, e estou realmente desejando ter dito a alguém — minha mãe ou Jade — aonde eu ia. Olho para cada um deles — Josh, Cal, Lyssa, Ollie — e lembro a mim mesma que os conheço.

A professora Bellini puxa uma cadeira de rodinhas com assento preto e a gira.

— Sente-se.

Sento com cuidado na cadeira de couro. Bem no alto, perto do teto preto, tenho certeza de ouvir pombos voejando e arrulhando. Percebo agora que o lugar secreto onde estou se estende até o topo do hotel, sendo que os andares intermediários apodreceram ou talvez tenham sido removidos.

— O que vocês querem dizer com "estavam esperando por mim"? — pergunto.

Cal joga os cabelos vermelhos.

— Isso aí mesmo. Você não precisava ter entrado de modo... bem, não se pode chamar de "furtivo". Podia ter apenas tocado a campainha da frente.

— Vocês não podiam saber que eu viria — solto de repente.

A professora Bellini se vira para Ollie.

— Talvez você queira aliviar o desespero da srta. May, Ollie.

Ollie sorri forçado e começa a esvaziar os bolsos do casaco de acampamento sobre uma mesa de metal.

— Só um minuto... — Um ioiô é seguido de um saco de balas, um chiclete e uns cartões de troca de StarBreaker. Isso é... quase desesperadoramente normal. — A-há! — diz afinal e pesca o que parece um pequeno cronômetro. — Rastreador — explica. — Seguindo a escuta dentro do meu celular. Então nós, hmmm, sabíamos onde você estava.

— Eu sabia sem precisar disso aí — diz Cal com desprezo.

— Hum... bem. — Ollie encolhe os ombros. — Sim. Você disse que sabia que ela viria.

O que é isso? Li que é possível comprar escutas e câmeras ocultas e coisas assim na internet, mas elas custam, sei lá, milhares de dólares? E Cal *sabia* que eu viria? Que história é essa?

De repente, sinto-me burra.

— Oliver, você... me *deixou* roubar seu telefone?

Ollie sorri.

— Claro! Quer dizer, você não achou que tinha conseguido roubá-lo, achou? Não quero ser grosseiro, Miranda, mas um elefante manco teria sido mais sutil. Pode me devolver agora, por favor?

Percebendo que o jogo havia acabado, dou um suspiro e devolvo o celular a Ollie. Ele o pega com um sorriso amigável e agradece com a cabeça.

— Este... lugar — digo com cuidado. — Está abandonado, certo?

— Costumava ser o Hotel Seaview — responde Cal, inclinando-se sobre a mesa de sinuca. Ela me oferece um chiclete. Hesito, e ela o balança. — Pegue. Pelo amor de Deus, não vamos tentar envenená-la.

Pego o chiclete com cuidado e o dobro na boca. A textura de pó suaviza quando o giro com a língua.

— Este... — diz Josh, acenando com o braço — ... era o maior e melhor hotel de Firecroft Bay, até... bem, até que deixou de ser.

— Conte a Miranda o motivo verdadeiro — diz a professora Bellini baixinho. Ela está nos observando distraída, girando os óculos.

Josh sorri.

— Bem, eu não queria assustar nossa convidada. Mas, sim, houve um... incidente alguns anos atrás. A proprietária caiu de um andar alto e morreu. Ou talvez tenha sido empurrada? Um horror. Uma confusão danada. — Ele estremece e solta um muxoxo. — Nunca se descobriu. Ninguém quis ficar aqui depois disso. Algumas pessoas dizem que, à noite, ainda dá para ouvir os gritos dela.

Cruzo os braços e encaro o olhar de Josh com tranquilidade, tentando mostrar que não estou abalada com isso. Embora eu esteja.

— Seja como for — continua ele —, ficou vazio por alguns anos, e decidimos que seria um bom lugar para usar como base.

— *Base?* — pergunto. — O que vocês são? O Quarteto Fantástico? Os Cinco? Ou viram episódios demais de *Scooby-Doo*? — Olho para a professora Bellini, que está clicando a caneta na prancheta. — Professora?

A professora Bellini vai até o mapa iluminado e dá um tapinha nele.

— Pode fazer piada, Miranda. Mas toda esta área da costa britânica é cheia de mitos, lendas... atividades incomuns.

Ela aperta um botão ao lado do mapa. No início, nada acontece. Ela dá uma pancada, e minúsculas luzes azuis se acendem.

A professora Bellini sorri.

— Desculpe por isso. Não somos tão high-tech por aqui. Temos que pegar o que pudermos de todos os tipos de fontes. Este mapa tem quarenta anos, acredite se quiser.

As luzes formam linhas, todas intersectadas no centro da massa marrom, que representa Firecroft Bay.

— Linhas Ley? — pergunto e fico vermelha quando todos se voltam para mim.

A professora Bellini sorri.

— Muito bem! A ciência e o mito não são tão distantes quanto as pessoas gostam de acreditar.

— Sério? — Não consigo evitar parecer cética.

— Claro! — A professora Bellini está radiante. — As linhas Ley, Miranda, são linhas de poder. Sim, o poder é antigo, é sombrio, e não o entendemos por completo, mas pode ter certeza de que está lá. E, em alguns lugares, especialmente na Grã-Bretanha, com todas as lendas e histórias, este poder se concentra. Como uma malha elétrica. Firecroft Bay é um desses lugares onde os poderes antigos convergem.

— Convergem. — Parece que a única coisa que consigo fazer é repetir.

A professora Bellini passa a mão no mapa.

— Há mais locais de interesse histórico antigo (fortes, túmulos, megálitos e afins) por quilômetro quadrado aqui do que em qualquer outro local da Inglaterra. Sabia disso? E cidades com portos são *especiais*. Elas têm a energia da terra e do mar. *Acontecem* coisas aqui que simplesmente não deveriam acontecer. Atividade paranormal. Objetos e pessoas desaparecem. Todos os outros tipos de... fenômenos.

— Fenômenos. Certo. — Fiz de novo. Uma papagaia. Mas lentamente consigo unir as peças. Ela está falando de coisas como os meus sonhos? A Forma? O gelo? Aquele momento estranho no ônibus em que me senti como se não estivesse ali?

A professora Bellini coloca os óculos e me encara com seriedade.

— Ah, sim. Não se engane, Miranda. Esta é uma região de grande importância paranormal. Onde há Convergência, a realidade se torna instável. E, aqui, a atividade está ficando cada dia mais forte.

— Está bem — digo. Parte de mim ainda tenta descobrir se, a qualquer momento, alguém vai pular na minha frente com um microfone e uma equipe de câmeras para me dizer que caí numa pegadinha da TV. Mas outra parte de mim sabe que o que a professora Bellini diz faz sentido.

Ela olha para o pequeno grupo.

— Não estamos fazendo isso há muito tempo. Só cheguei a Firecroft Bay no último semestre. Não foi difícil descobrir quais dos meus alunos eram... bem, tinham possibilidade de se interessar por esses incidentes. Tinham possibilidade de levar isso a sério.

Os quatro estão me olhando *daquele* jeito outra vez. Metade interessada, metade querendo me pegar.

— Então... o que vocês querem dizer com *incidentes*?

Cal responde:

— Coisas contrárias às leis da natureza acontecem aqui.

— Desaparecimentos — diz Josh. — Sombras. Oscilações estranhas de energia. Fantasmas. Coisas que você percebe com os cantos dos olhos.

Cal desliza para o lado de Josh, põe o queixo sobre o ombro dele e sussurra:

— Coisas que a maioria das pessoas despreza. Mas nós não desprezamos. Estamos aprendendo a... correr atrás delas.

— Vocês me assustam — digo devagar. — Estão me dizendo que são algum tipo de... equipe secreta de caça-fantasmas?

A professora Bellini me lança um de seus sorrisos amplos e marcantes.

— Todos aqui são especiais e estão aqui por um motivo. — Ela espia por cima dos óculos. — Incluindo *você*, Miranda May.

Josh se inclina e agarra meus ombros.

— Nós vemos coisas que não deveríamos ver — diz baixinho. — Sabemos coisas que não deveríamos saber.

— Conspirações — diz Cal.

— Segredos — completa a professora Bellini — além da loucura; e na fronteira do que você chama de realidade.

— Eu faço as investigações — diz Josh. — A história, as escavações, a descoberta de coisas que as pessoas não conhecem ou que não querem que os outros saibam. — Ele acena com a cabeça para Cal, que foi até a mesa de sinuca. — Minha amiga dos cabelos vermelhos ali é a coordenadora, boa em fazer contatos, ler pessoas e objetos, e ser *intuitiva*.

— E mandar em todo mundo — completa Cal, enquanto alinha a tacada. — Alguém tem que fazer isso.

— A pequena Lyssa — Josh coloca o braço em volta do ombro dela, que olha para cima, sorrindo — é o nosso gênio. Matemática, idiomas, recantos obscuros da ciência. E Ollie é nosso geek domesticado e garoto dos gadgets. Mantém os computadores funcionando, traz biscoitos e... errr... faz piadas ruins. Normalmente.

— Mas vocês são apenas um bando de crianças — digo desconfiada.

Quero dizer, é meio idiota. Ollie estuda na mesma turma que eu, Cal na turma seguinte. Josh, o mais velho, tem apenas quinze anos. E Lyssa, bem, ela estaria no ensino fundamental se não tivesse o cérebro do tamanho do Aeroporto de Gatwick.

— É — comenta Josh.

— Ajuda muito, na verdade — diz Cal. Ela dá uma tacada elegante com uma das mãos e acerta a vermelha. — *Uaaau!*

— Sabe — diz Ollie —, quando você conhece o esquisito e o *aceita*, é mais fácil ir em frente e entendê-lo.

— E vocês estão investigando o que está acontecendo? — pergunto.

— Como você disse — responde Cal, gesticulando com o taco de sinuca —, somos apenas um bando de crianças. E isso nos torna os investigadores perfeitos. Disfarçados, secretos, ardilosos.

— Sem recursos financeiros — acrescenta a professora Bellini, olhando para trás. Ela foi para uma escrivaninha em uma das plataformas superiores, cercada de teclados e monitores de computador. Estou prestes a perguntar *quem* paga por tudo isso, mas algo acontece.

— Ponha isto — diz Lyssa atrás de mim, e, antes que eu consiga impedi-la, ela coloca um par de fones de ouvido em mim.

— O que está acontecendo? — pergunto, entrando em pânico.

— Apenas um pequeno teste, Miranda — responde a professora Bellini com um sorriso reconfortante. — Só quero confirmar uma coisa.

Não vejo por que devo fazer isso. Eles não estão me mantendo aqui à força. Eu poderia me levantar e ir embora agora mesmo se quisesse.

Mas aí eu não teria respostas. E teria perdido a viagem.

Posso até descobrir algo sozinha. Eu me recosto na cadeira de couro macia e envolvente, e ajusto os fones de ouvido.

Ollie, de outro monitor de computador, diz:

— Ajuda se você fechar os olhos.

Certo. Nada a perder.

Nervosa, deixo meus olhos se fecharem e percebo que estou precisando dormir. Sinto que caio no sono quase de imediato.

*Isto é um sonho ou é realidade? É como aquele período estranho quando você está acordando de manhã e só percebe depois que estava ouvindo conversas no rádio-relógio, imaginando-as no seu sonho acordado.*

*Acho que abro os olhos — será? Não sei definir, pois estou no escuro. Estou sozinha. Está frio. Não friozinho, mas congelando como no inverno mais intenso.*

*Algo está errado.*

*A Forma está aqui. Fogo e água e escuridão.*

*— Quem é você? — pergunto. Não sei dizer se falo isso em voz alta ou apenas penso. Por que nunca perguntei isso antes?*

*A Forma não responde. Não há sussurros, desta vez. Mas há um assobio, uma melodia que ecoa. Conheço a melodia... é... é...*

*Estou tentando me lembrar, localizá-la, mas a Forma cresce cada vez mais. Não, percebo — não está maior, está mais próxima. Vindo na minha direção como um vórtice de trevas.*

*Vindo me pegar. E agora o sussurro aparece.*

*Miranda...*

— *Não!* — grito, e meus olhos se abrem de repente.

Estou de volta ao porão do hotel e estou de pé, olhando para baixo, para a cadeira onde joguei os fones de ouvido.

Não me lembro de ter pulado da cadeira.

Mas os fones de ouvido ainda estão balançando, então devo tê-los largado há poucos segundos.

— Josh? — chama a professora Bellini, erguendo o olhar da prancheta.

Percebo que Josh está de pé ali com um cronômetro.

— 7,1 segundos — responde. — Nada mal. Boa assimilação.

— Lyssa? — chama a professora Bellini.

— Intensidade 44 — responde ela, que está de pé ao lado de um computador bem perto de mim. — Uau.

Ollie assente.

— Mesma leitura aqui.

— O que é isso? — pergunto irritada. — O que vocês estavam testando?

— Interessante — comenta Lyssa. — Eu tinha calculado uma chance de 13 por cento de fracasso. — Ela me olha com jeito travesso.

— O que você viu? — pergunta Cal, inclinando-se para a frente. — Conte.

Eu a encaro com raiva.

— Não sou uma cobaia! Não sou um animal numa jaula! Vocês querem me dizer o *que é* isso?

— Josh — diz a professora Bellini baixinho —, por que não leva Miranda para dar uma volta e explica tudo? Podemos continuar com a análise do ônibus.

— Ele não tem que me *levar* a lugar nenhum — digo. — Vou embora.

Subo furiosa as escadas, clang-clang-clang, e, no topo, bato na porta com a palma da mão de um jeito que dói. Meio que espero a porta não abrir, mas ela abre.

Saio para o estacionamento abandonado e chego ao saguão decadente do Hotel Seaview, e em um, dois, três, quatro passos saio pelas portas e chego à orla outra vez, inalando golpes profundos de ar com cheiro de algas.

O sol da primavera está forte e machuca meus olhos.

Meio que escuto alguém gritando algo atrás de mim, mas realmente não me importo mais. Estou andando a passos largos outra vez, queimando de raiva, com os olhos fixos no mar revolto.

É como se eu estivesse me movendo em câmera lenta, com respingos recortados capturados por uma câmera, as gaivotas circulando sobre mim como se estivessem prestes a me atacar, e, com os cantos dos olhos eu vejo...

*Está aqui. Uma coluna de trevas tremulantes, ali na praia, além da Esplanada. Algo do tamanho de um ser humano, mas não é humano... delineado em fogo... à beira-d'água... E a melodia assobiada. Na minha cabeça. Não estou dormindo — sei que não estou...*

Sem pensar, com os olhos fixos nessa meia-sombra na praia, estou na rua.

Um som de grito estridente.

Uma sirene ensurdecedora.

Uma enorme parede de metal e vidro caindo sobre mim.

Não há como sair desta calçada.

E, nesse segundo, sei que estou prestes a morrer.

CAPÍTULO 5
# Decisão

Impulsionada por algum tipo de força, algo pulsante dentro de mim, eu meio que pulo e meio que me jogo na beira da rua, batendo contra um carro estacionado enquanto um caminhão gigantesco passa a uma velocidade absurda, deixando um odor de exaustão quente e de borracha. Ele nem mesmo desacelera, muito menos para, apenas se move com violência ao longo da baía.

Machucada e confusa, com as costas doendo no local onde me choquei com o carro, tento me levantar.

As pessoas se reuniram ao meu redor. Estou tremendo.

Tento descobrir como fiz aquilo.

Uma senhora com casaco roxo agarra meu braço e me ajuda a ficar de pé.

— Você está bem, querida? Que *maluco*! Algumas pessoas não deveriam ter permissão para dirigir!

— Nãããããão, ela atravessou na frente dele! — diz um homem atrás dela, sacudindo a bengala. — Eles não ensinam mais segurança nas ruas nessas escolas? Hein?

— Eu... estou bem — digo, dando um sorriso fraco para a senhora. — De verdade.

E estou mesmo. Afinal, coisas piores já aconteceram na minha vida. Mas ainda estou tremendo.

— Você está bem? — pergunta uma voz familiar, e sinto uma mão tocar meu ombro. É Josh.

Então, ele me seguiu até aqui fora. Enviado pela professora Bellini, sem dúvida, ou por Cal.

— Estou bem — respondo, olhando furiosamente para Josh. — Ele... ele não passou nem um pouco perto de mim.

Passado algum tempo, os idosos me deixam em paz — depois de mais uns cacarejos e resmungos e de serem convencidos por um Josh charmoso de que eu não preciso de uma ambulância. Só então penso em verificar meu relógio. Levanto a manga com o coração batendo forte, mas ele está funcionando. Não quebrou. É bem resistente por causa da robusta caixa cromada. Vejo que são pouco mais de cinco horas. Não posso ficar mais tempo na rua sem minha mãe saber.

— Olhe — diz Josh —, desculpe, está bem? Venha até a cafeteria. Vamos conversar.

Dou de ombros.

— Por quê?

— Porque você tem perguntas. E eu tenho algumas respostas.

Ele se vira e começa a caminhar de volta ao longo da Esplanada. Eu o observo por um ou dois segundos. Depois xingo baixinho e corro atrás dele.

**CAFETERIA SEAFRONT, ESPLANADA: QUINTA 17:05**

Estou sentada de frente para Josh. O lugar tem assentos e mesas de plástico vermelho, os pratos do dia escritos a giz em velhos quadros-negros, um ambiente com cara de barato e simpático. A chuva começou a molhar as janelas e torna o mar brumoso. Na Esplanada, do lado de fora, as pessoas estão lutando com guarda-chuvas e fazendo compras. As crianças passam andando de skate e patins.

Vida que segue, apesar de tudo.

E eu mandei mensagem de texto para minha mãe dizendo onde estou. Em uma cafeteria com amigos. Tudo bem normal. Tum-ti-tum. Se ela soubesse! A bruma está rondando a praia, e de vez em quando jatos de respingos molham o píer. As espreguiçadeiras tremulam, as lonas esticadas pelo vento como paraquedas.

É como se o mundo fosse incansável.

Minha cabeça gira com todo tipo de possibilidade. Estou com medo, mas... nervosa. Empolgada, até. O que vem a seguir?

Josh traz uma bandeja do balcão. Coloca uma grande tigela de sorvete de baunilha na minha frente.

— Para que isso? Para calar a minha boca? Não tenho *sete anos*, Josh.

Ele ri e serve uma xícara de chá para nós dois.

— Então... essa foi por pouco, hein!

— É. Pelo menos, estou bem.

— Parar, olhar e escutar — diz Josh. — Essa palavras fazem você se lembrar de alguma coisa?

Olho emburrada para ele, com os braços cruzados.

— Você não foi à palestra do Código da Cruz Verde na escola? — continua. — Aquele vídeo de segurança nas ruas com os ouriços? Nós assistimos. Fizemos uma competição de cartazes. Fui chamado à sala do diretor porque o meu era "muito gráfico". Agora eu pergunto: não era esse o objetivo?

Ainda emburrada, olho para o outro lado.

Ele cutuca minha bochecha.

— Você está tentando... não... rir.

— Deixe-me em paz! — Mas não consigo evitar um meio sorriso. — Olhe, Josh, isso é algum tipo de piada, não é? Alguma... *coisa* que vocês fazem com os calouros da escola para ver se eles aguentam? Porque eu não estou impressionada.

Josh sorri.

— Você acha isso mesmo? Depois de ver o interior do hotel? Depois do que aconteceu com o ônibus?

— Está bem, então me fale do ônibus. Como exatamente aquilo aconteceu?

Josh sorri com ironia.

— Cal está tentando ler.

— Tentando *ler*?

— É uma das habilidades dela. Você vai descobrir tudo isso daqui a pouco tempo. Então, quer saber o que foi aquele pequeno teste com você? O dos fones de ouvido?

— Sim... claro.

— Foi um teste de intuição mental. Um pouco de autossugestão, feita para provocar o subconsciente. Você escapou muito rápido; antes mesmo de mergulhar por completo.

— E isso é bom? — pergunto com cuidado.

Josh une os dedos e olha para mim com intensidade.

— O que você realmente viu? — pergunta baixinho.

Misturo o chá.

— Não é da sua conta. Por que você quer saber?

— Coma, e eu respondo. Caramba, você *vê* coisas, Miranda. E o teste apenas provou isso. Você precisa ser convencida?

Fiquei pensando, enquanto ele comprava o chá e o sorvete, no que diria a ele. Como posso contar a ele do teste sem mencionar o sonho ou a Forma? Eu tento.

— Bem — digo com cuidado —, obviamente, há algo *estranho* acontecendo. Mas... não acredito que *não possa* ser explicado. Quer dizer, você ouve essas coisas nos noticiários, não é? Desaparecimentos, pragas de sapos e tudo mais. No fim das contas, acabam tendo uma explicação simples.

Josh suspira e recua.

— Nunca houve uma praga de sapos em Firecroft Bay; pelo menos por enquanto. Não acredite no que lê na internet. E não confie na televisão. *Especialmente* na televisão.

— Meu pai trabalhava na televisão — retruco irritada. Sinto que estou ficando vermelha outra vez. Ele parece gostar de me fazer sentir estúpida.

— Ah, sim. Que coisa. — Josh não parece surpreso nem envergonhado. — E sua mãe?

Eu me concentro no sorvete, furando uma das bolas amarelo-creme com a colher.

— Não quero falar da minha mãe.

— Por que não? Pode me contar, Miranda...

Desconfiada, levanto o olhar.

— O quê?

— Sua mãe costuma dizer alguma coisa? Sobre você... sentir coisas? — Ele se inclina para a frente com atenção. — Você consegue sentir alguma coisa, não é?

Largo a colher e jogo as costas na cadeira.

— Parece que você sabe tudo de mim, Josh — digo, talvez um pouco alto demais.

As pessoas se viram e olham para nós.

Ele faz um gesto abrindo as mãos.

— O que foi que eu disse?

— Você *gosta* disso? Jogos de poder? Foi para isso que me trouxe aqui? Para rir de uma garota do oitavo ano?

— Não é bem assim — responde ele, calmo.

Afasto o sorvete.

— Está bem. Vamos supor que o que você diz é verdade. O que está acontecendo agora?

Olho nos olhos dele e percebo que algo aconteceu. Desde o teste e o quase acidente com o caminhão, e esta conversa. Eu me tornei parte do mundo dele, e ele é parte do meu. E não vou me livrar dele nem dos outros.

Quer saber? Não vi nem ouvi aquele caminhão se aproximando.

Andei na frente dele, e agora eu deveria estar morta.

Mas não estou.

Dei um salto no tempo. E não sei como fiz isso.

Josh está certo: consigo sentir algo aqui. Neste momento, isso me assusta mais do que qualquer coisa.

**PRAIA: QUINTA 17:30**

Estamos caminhando pela orla perto da Esplanada, com pedrinhas fazendo barulho sob nossos pés. O píer acabou de abrir. Ouvimos o ruído da música do parque e sentimos o aroma enjoativo de algodão-doce.

— O teste — diz Josh —, ele mostrou... que você é sensitiva. Você responde. Mas acho que parte de você já sabe disso.

Estou olhando para baixo, chutando as pedrinhas com um dos pés, sem fitá-lo. Mantenho as mãos enfiadas com firmeza nos bolsos do casaco e dou de ombros.

— Nós *precisamos* de você — continua ele. — Você sente as coisas. E achamos que você pode ser a chave para descobrirmos o que de fato está acontecendo em Firecroft Bay, o que está causando o aumento da atividade paranormal aqui. — Ele gentilmente coloca uma mão em cada um dos meus braços e se agacha um pouco, de modo que seus olhos azuis fiquem no mesmo nível dos meus. — Olhe. A srta. Bellini... ela... bem, todos nós confiamos nela. E ela tem uma intuição sobre você.

— Ela mal me conhece — argumento, meio envergonhada com o jeito como ele está me segurando.

Ele sorri.

— Ela é uma boa avaliadora. Todos devemos algo a ela, Miranda. Fui expulso de uma escola que estava custando os olhos da cara para os meus pais e vim parar aqui. Um peixe fora d'água. Mas isso... me dá um objetivo maior. E a mãe e o padrasto de Cal mal sabem que ela existe. A vida deles é administrar um pub.

— Sério? — Estou interessada, apesar de tudo. — E Lyssa e Ollie?

— A pequena Lyssa: pode imaginar como zombavam dela na escola? Superinteligente e sem gostar de esportes? Quando ela chegou, era uma coisinha tímida, mal ousava falar. Olhe para ela agora: tem a confiança de alguém com o dobro da idade dela. E Ollie, bem, ele tem umas histórias para contar. Tenho certeza de que ele fará isso quando conhecê-la melhor. — Josh me solta e se endireita. — E agora tem você.

Olho rapidamente para ele e afasto o olhar.

— Parece que você está dizendo que somos um bando de desajustados.

Ele sorri.

— Ninguém é desajustado. Algumas pessoas demoram um pouco mais para encontrar um lugar onde se encaixem, apenas isso.

— Não muda o fato de que vocês todos me enganaram para ir até o Seaview.

— É verdade. E sinto muito. Mas você tem alguma coisa especial, Miranda. Você parece... não sei... Você parece ser como uma bússola. Um rastreador. Um... um cão farejador.

— Ah, obrigada. Que simpático.

— Tudo bem. Cão farejador é péssimo. Esqueça que eu disse cão farejador. Desculpe. Mas você é... não sei que palavra usar. Intuitiva? Mas não como Cal. *Vidente*, talvez? De um jeito especial. Percebi isso naquele dia na quadra. Lembra? E testamos, lá no hotel, com os fones de ouvido. Quer saber o quão boa você é?

Eu o encaro.

— O quão boa sou em quê?

— Sua habilidade. Seu dom.

— Não tenho um *dom*.

— Ah, tem, sim.

— Eu não *acredito* nessas bobagens, Josh. Entende? Não acredito em nada disso. No pacote todo. Leitura de mentes, fantasmas, fadas, unicórnios cor-de-rosa invisíveis... Ah, por favor! É tudo imaginação, inventado para... para impedir que as pessoas façam perguntas.

*Formas sombrias na noite.*

*Sonhos em que a escuridão está viva.*

*Uma melodia ecoando na minha mente enquanto atravesso a Esplanada.*

*Algo que me faz sair da frente de um caminhão em alta velocidade.*

*Tudo inventado...*

— Ah, você acha? — pergunta Josh, parecendo se divertir.

— Sim — respondo, tentando parecer indiferente. — Isso faz as pessoas se sentirem bem em relação a si mesmas, faz com que elas pensem que o mundo é mais interessante do que de fato é. Mas praticamente só serve pra isso. Então, se você e seus... amigos lá querem brincar com seus brinquedinhos caros, peguem mesas ouija e vão caçar fantasmas... bem, vocês podem fazer isso sem mim.

— Ah, ótimo. Se você prefere passar o resto da vida sendo uma Mundana.

— O que quer dizer com *Mundana*?

— Você sabe. Comer petiscos em parques de diversão. Fazer o dever de casa como uma boa menina. Não ter nada mais empolgante na vida do que provas, clubes de rounders, a última boy band fabricada. Isso é ótimo. É bom o suficiente para a maioria *desse* grupo aí fora. Mas acho que você é melhor do que isso. E acho que está negando sua verdadeira natureza. Mas e daí?

— Não há nada de errado em levar uma vida normal.

— Ah, não. Nada de *errado* nisso.

Agora ele está me irritando.

— Vá para o inferno, Josh — resmungo e começo a me afastar dele.

— Está bem. Eu vou, se você quiser. *Nós* vamos. Todos nós vamos para o inferno. E vamos deixá-la em paz. Se é isso que você quer.

Eu paro, me viro para encará-lo e tiro os cabelos dos olhos. Estou com uma sensação estranha no estômago. Uma dor, como se estivesse prestes a perder algo importante. É estranho — como uma nostalgia, só que uma nostalgia pelo presente. Não faz sentido.

— É — diz ele. — Eu, Ollie, Cal e Lyssa... seremos apenas rostos no corredor, pessoas pelas quais você passa de tempos em tempos e acha que conhece.

Brinco com algas na mão, fingindo não escutar.

— E a srta. Bellini? — continua. — Será apenas uma professora de ciências que dirige uma van velha. E, de tempos em tempos, você vai ouvir coisas estranhas no noticiário local, coisas que farão você se perguntar se deveria saber mais sobre o assunto e se deveria entendê-las. Mas não vai fazer parte disso. Não vai, Miranda. *Nunca.*

Olho para o mar, onde as ondas estão quebrando e se arrastando em um ritmo constante sob a nossa conversa. No horizonte distante, um barco corta a água, uma linha branca no azul-acinzentado. Quase quero estar lá neste momento.

— E, de vez em quando — continua —, você terá aquela *sensação*. Aquela que você já tem. Como se houvesse uma dimensão por trás desta, um local secreto atrás da cortina do mundo. E, com muita frequência, você vai pensar que *sabe* coisas que não deveria saber. Terá uma sensação, exatamente como a que teve lá na rua, quando viu o caminhão chegando sem vê-lo e saiu da frente a tempo.

— Não seja idiota — retruco rápido demais. — Eu ouvi o caminhão vindo.

— Ah, sim, já que você insiste nisso... Mas quer saber? Acho que você *sabia* que ele estava vindo. Algo que você obteve no teste, talvez... algo latente que foi ativado.

Agora estou confusa. Tudo está vindo ao mesmo tempo. Eu quero apenas que as coisas sejam simples.

— Em algum lugar — continua Josh com urgência —, em algum outro universo que se dividiu deste, você está *morta*. Foi atingida por aquele caminhão e morreu. Nesse outro universo, você nunca teve essa chance. Se você se afastar de nós agora, estará dizendo não à melhor coisa que já lhe aconteceu. Estará se afastando da *vida*.

Ele para por um segundo.

— Sabe, Miranda, algo terrível pode estar para acontecer.

— Ele faz a observação parecer indiferente, mas não consigo evitar sentir um arrepio.

— O quê? — pergunto. — O que vai acontecer?

— Bem, é só isso. Não sabemos necessariamente. Mas você pode saber. E, sem você, bem... acho que teremos que descobrir por conta própria.

Tento absorver as palavras dele. Por que sou tão importante? Sou apenas Miranda May, de Londres. Algumas semanas atrás, essas pessoas nem sabiam que eu existia.

— Então, tchau — diz Josh. — Divirta-se!

E começa a se afastar pela praia.

Abro a boca para gritar por ele. E fecho de novo, sacudindo a cabeça.

Então, eu grito:

— *Espere!*

Josh para e se vira com um sorriso. Está a uns vinte metros.

— Eu... eu quero saber mais. E... quero ajudar. Desculpe.

Josh caminha a passos largos na minha direção.

— Achei que você ia querer mesmo.

— Não acredito em tudo o que você disse. Mas... estou disposta a me unir a vocês. Por enquanto.

Ele dá de ombros.

— A escolha é sua — diz ele, mas agora está sorrindo.

Eu sei que é escolha minha.

É minha escolha descobrir mais sobre por que essas trevas estão me assombrando.

## CAPÍTULO 6
## Fogo

**SALA DE INFORMÁTICA, ESCOLA SECUNDÁRIA KING EDWARD VI: SEXTA 11:20**

Estamos todos aprendendo a usar um aplicativo gráfico chamado Image-Ination. É bem legal, apesar do nome geeky. Você envia fotos de si mesmo e de outra pessoa (tivemos aula de fotos em câmera digital), e ele transforma um no outro. Ou ele pode sobrepor você no fundo da imagem de outra pessoa e vice-versa. Você não vê as bordas — parece muito real, e ele insere todas as sombras e texturas direitinho e tal.

Envio uma foto dos JumpJets tirada do site deles e coloco Jade e eu na imagem, de modo que estamos no palco com eles na Arena. Olho em volta em busca de Jade para mostrar o que fiz.

— Uau! — exclama ela.

— Parece tão real, não é? — comento. — Fantástico!

E é aí que acontece uma coisa esquisita.

A cor na tela começa a mudar. Os azuis, marrons e verdes — as cores apagadas — se esvaem, e os amarelos, laranja e vermelhos — todas as cores ardentes — ficam mais intensos. E não é apenas no nosso computador.

— Professor — diz Robert Fenwick, o garoto a meu lado —, isso é normal?

O professor Heppelwhite se inclina e olha para a tela de Robert. Ela está toda em vermelho vivo, e um som estranho sai dos alto-falantes.

O professor Heppelwhite dá um tapa na testa.

— Ai, ai, ai! *Outro* vírus.

Minha tela está fazendo a mesma coisa: ficando vermelha. Novo protetor de tela? Poderia ser, mas eu duvido. Olho para as fileiras de telas e vejo que todas estão iguais. A minha, a de Robert Fenwick, a de Ahmad Hassan, a de Jade, a de Lyssa, a de Ollie, a de *todos*.

O professor Heppelwhite está ao telefone com o técnico.

— Bill, pode vir até aqui? Acho que pegamos um vírus... Bem, não sei de que tipo! Está fazendo todos os computadores ficarem loucos. As telas estão ficando vermelhas!

— Laranja agora, professor — ofereço, solícita. Minha tela agora está da cor de um pôr do sol, e eu posso jurar que está meio que... *pulsando*.

— Laranja! — diz o professor Heppelwhite ao telefone.

— E *quente* — acrescenta Jade, recuando e afastando a mão da tela. — Muito quente!

É verdade — a tela em laranja forte está queimando como um aquecedor de ambientes. O ruído de lamúria que sai pelos alto-falantes é tão alto que machuca meus tímpanos.

Ao mesmo tempo, estou com uma sensação estranha. Meio que como se isso não estivesse realmente acontecendo. Como no ônibus. Há um som abafado na minha cabeça. E sinto cheiro de queimado. Só que não é de plástico queimado, como seria de se esperar, mas... *madeira.* Como uma lareira. Minhas pálpebras ficam pesadas, e a sala parece se encolher ao meu redor, de modo que só estamos meu computador e eu na escuridão, a tela brilhando, o calor se propagando. E o cheiro muda para... algo pungente... um produto químico. Está me fazendo pensar na aula de química... *Enxofre?* Por que estou sentindo cheiro de enxofre queimado?

— É impressão minha — digo a Jade — ou as mesas estão *vibrando*?

Jade estende as mãos sobre a mesa e seus olhos escuros se arregalam.

— Professor — chama ela —, Miranda está certa!

As telas agora se tornaram branco-amareladas.

Todo mundo aperta os olhos para evitar o brilho.

No outro lado da sala, Oliver pulou e ficou de pé, empurrando a cadeira para longe da mesa.

— Gente! — grita. — Abaixem-se! Vai explodir!

Irritado, o professor Heppelwhite ronda o garoto.

— Não seja ridículo, Ollie.

— Mas vai! — grita Ollie. — Abaixem-se! Todos! Escondam-se embaixo da mesa!

— Pare com isso, Ollie — diz Ahmad Hassan, mas se esconde sob a cadeira apenas para garantir, e várias outras pessoas se agacham sob as mesas e buscam abrigo como ratos assustados.

Bem nesse momento, um monitor no outro lado da sala começa a faiscar e chiar, e solta fumaça dos dois lados. Uma fumaça com odor maligno, forte e sulfuroso...

Agora todos nos jogamos no carpete. E, apenas segundos depois, o monitor mais perto de mim explode em um chafariz de vidro derretido. Com um *vum* e um ruído de salsichas fritando. E o restante dos computadores explode como fogos de artifício. Todos estão gritando.

Parece o cinco de novembro.*

O estranho é que tudo isso parece familiar. Não como um *déjà vu*, não — não é como se eu já tivesse vivenciado isso. Mas como... se estivesse programado para acontecer. De alguma forma, isso era esperado.

Sacudo a cabeça. *Livre-se desse sentimento.*

Vejo Lyssa sob a mesa perto de mim. Fico me perguntando se ela está assustada — gênio da perseguição paranormal ou não, ela é apenas uma menininha — e estou prestes a segurar a mão dela. Mas então percebo que ela não parece nem um pouco assustada. Claro que ela não está assustada. Seu rosto está vermelho, os olhos estão dançando, e ela está ao telefone. Está falando com uma voz baixa e urgente acima do caos. Com um dos outros, sem dúvida.

Isso é totalmente louco. Os computadores ainda estão explodindo e fervendo pela sala toda. O vidro chia quando atinge superfícies em gotas derretidas, deixando uma bagunça meio sólida escorrida por janelas, paredes e cartazes. Por fim, o ruído diminui e tudo fica quieto, apesar de algumas pessoas estarem chorando e soluçando.

A sala está coberta de fumaça, mas, aos poucos, temos a sensação de que é seguro sair de baixo das mesas. Um por um, emergimos, tossindo e olhando ao redor com nervosismo.

---

\* Data em que Guy Fawkes, em 1605, revolucionário que queria explodir o Palácio de Westminster por motivos religiosos e políticos, foi capturado com a pólvora que seria usada no movimento. Comemora-se a Noite das Fogueiras (Bonfire Night) neste mesmo dia. (N.T.)

No lado oposto da mesa, Jade tira um pedaço de teclado de seus cabelos emaranhados. Ela diz algo em italiano que não entendo.

— O que foi isso? — pergunto.

— *Epic fail* — responde ela com um sorriso amarelo.

O professor Heppelwhite se levanta e limpa a garganta.

— Todos estão bem? — pergunta, nervoso. — Ninguém machucado?

Parece que ninguém se machucou. Embora esteja claro que ninguém vai voltar a fazer aula de informática tão cedo. Alguns dos computadores estão rasgados, cortados e escurecidos, os circuitos internos derretidos em formas fantásticas. Outros estão pretos e carbonizados. Apenas alguns sobreviveram intactos. Lyssa está perto de um dos computadores carbonizados e, com o lenço sobre a boca, ilumina o interior com uma caneta-lanterna, avaliando os danos.

— Lyssa! — diz o professor Heppelwhite de repente. — Eu não faria isso, se fosse você. Venham! Todos para fora, por favor!

Ele tira um dos sapatos e amassa o alarme de incêndio onde está escrito QUEBRAR VIDRO AQUI, e o alarme começa a ecoar pela escola.

*Caos.*

Ah, que legal. Isso é melhor do que ter aula.

**SEXTA 15:20**

O sinal toca. É um tumulto, como em todas as tardes de sexta.

Nos armários, hordas de crianças passam em sequência, fofocando sobre o que aconteceu no centro de informática. Ouço palpites estranhos.

— Ouvi dizer que foi uma *bomba*.

— Não seja burro. Se fosse uma bomba, a escola toda teria explodido.

— Ouvi dizer que eles foram atacados pelos computadores! Fogos de artifício saindo das telas!

— Alguém disse que foi um tipo de vírus. Isolaram toda a área, você viu?

A última aula do dia — francês — foi inútil. Sinto muito pela professora Lowery, porque ela não conseguiu fazer muita coisa conosco. E, ao som do sinal, todo mundo praticamente guardou as coisas e saiu antes de ela nos liberar. Batemos os armários para fechá-los e enfiamos os livros nas mochilas para o fim de semana.

Jade está perto de mim e diz:

— Vamos nos encontrar sábado de tarde? Baixei aquele pirata, se você quiser ouvir. JumpJets no Astoria de Londres.

Sorrio e olho por cima de seu ombro.

Josh e Cal estão parados lá, no corredor, me olhando com cuidado. Encontro o olhar deles e olho de volta para Jade, que está com o cenho franzido.

— Hmmm, não sei — digo. — Eu adoraria, mas... tenho muita coisa para fazer.

Ela parece desapontada.

— Achei que a gente era amiga, Miranda. Achei que você gostava de mim.

Eu me sinto mal. Quer dizer, quem mais estava lá quando cheguei a Firecroft Bay? Sem ela, eu não teria ninguém no início. Além *deles*.

— Nós somos, nós somos... só que... — Estou mordendo o lábio e agora me entreguei porque olhei sobre seus ombros várias vezes para Josh e Cal.

— Ah, *entendi*. Saquei. Você agora está saindo com os Esquisitos.

— Eles não são Esquisitos.

— Meu Deus, você é tão boba. Não acredito que caiu na deles. Está gostando do tal Josh Barnes, é?

Sinto que estou ficando vermelho fogo.

— *Cale a boca!* — murmuro.

Ela me dá um sorriso cínico de canto de boca.

— Achei que você era diferente. Achei que você era superior a tudo isso. — Ela cruza os braços. — Eles são uma farsa, sabe? São *perdedores*.

Algo tenso na expressão dela que me diz que ela não acredita nem um pouco nisso. Algo mais do que desprezo por Josh e pelos outros. Algo parecido com medo.

— Isso não significa que eu não queira ser sua amiga — digo. — Por que preciso escolher?

Jade joga a mochila sobre os ombros.

— Tanto *faz*, Miranda. Vejo você na segunda. Talvez.

E, antes que eu tenha a chance de responder adequadamente, ela já saiu de perto, mantendo distância de Josh e Cal. Ela sai pela porta e está na metade dos degraus, unindo-se às hordas que saem em sequência na direção do portão.

Josh vem até mim.

— Ela é apenas uma Mundana, Miranda. Não perca seu sono por isso.

Eu o empurro.

— Me deixa, Josh.

Ele se afasta, erguendo as mãos em defesa.

— U-au. Descul-pe! Não sabia que a pequena Belladonna e você eram tão amigas.

Observo Jade se afastar e então percebo. Ah, não. Ela me convidou para ir à casa dela pela primeira vez. Onde ela mora? Eu ainda nem sei isso. Talvez convidar pessoas seja uma coisa importante. Ela me contou que a mãe e o pai trabalham em casa, administrando uma empresa de contabilidade. Talvez eles sejam exigentes com os amigos dela.

E o que eu fiz? Eu a rejeitei.

Ela está certa, não é? Eu prefiro sair com os Esquisitos do que ir à casa de uma amiga. Que *tristeza*!

— Estou falando sério — murmura Josh. — Não vale o esforço.

— Chega. — Eu o fito com raiva.

E, sim, Jade pode estar certa. Eles *podem* ser um bando de malucos, pelo que sei. Buscando coisas que não existem. Como as pessoas que apareciam no antigo programa de TV do meu pai, dizendo que tinham sido abduzidas por alienígenas ou tinham visto Elvis trabalhando em uma lanchonete ou o rosto da Virgem Maria em uma rosquinha. (Às vezes, as três opções juntas, na verdade. Naquele dia, o programa foi bom.)

Mas, de alguma forma, há uma resposta nisso. Uma resposta que preciso encontrar. E algo me diz que ela reside no grupinho sinistro. Então, vou continuar perto deles pelos meus motivos — não pelos deles.

— Amanhã — diz Cal, quando passo por ela. — Duas da tarde. Encontre a gente no parque Craghollow. Temos uma pequena missão.

E ela sorri.

Porque ela *sabe* que estarei lá.

## PARQUE CRAGHOLLOW: SÁBADO 14:06

Minha mãe vai levar Trufa para ver nossa tia Grace, sua irmã mais velha, que vive a cerca de cinquenta quilômetros ao longo da costa. É um sábado claro e ensolarado, e a névoa marítima, por enquanto, parece ter sumido.

Minha mãe está feliz por me deixar no parque Craghollow porque eu disse que vou me encontrar com algumas pessoas da escola. Disse os nomes a ela, mas é claro que não significaram nada.

— Estou feliz de você ter alguns amigos — diz ela enquanto dirige. — Achei que pudesse ser difícil. Com a mudança. E... tudo.

— Sim. É legal.

— Eles são bacanas? Seus amigos? Quer chamar alguém para tomar chá?

— Para tomar *chá*?

— Desculpe, desculpe. — Ela suspira enquanto o carro vira a esquina e entra na Esplanada. — Bem, você sabe. Quando quiser... chamar alguém. Para... *não fazer nada* ou qualquer coisa assim. Pode chamar.

Reviro os olhos.

Além da marina, a rua em forma de anel se curva, entrando para o continente, e há um arco de treliça de metal anunciando a entrada do parque.

Um nome meio fantasmagórico, Craghollow. Há um quadro ao lado da entrada — eu me lembro de tê-lo visto antes — com sua história. Foi construído num local onde bruxas eram queimadas na Idade Média. Ótimo.

— Pode me deixar aqui, mãe. Eu encontro o caminho.

Embora o sol esteja aparecendo hoje, ainda está friozinho, por isso estou usando minha jaqueta de couro predileta e jeans com um cachecol de lã. Há algumas famílias com crianças pequenas. Alguns meninos estão jogando futebol na grama, e a cafeteria está fazendo bons negócios.

Passo rapidamente pelas famílias e pelos garotos que estão jogando. Vejo Cal e Lyssa, sentados no carrossel na área de brinquedos, girando devagar.

Cal está usando um cachecol branco longo, óculos escuros e um casaco de veludo roxo. Ela sorri quando me vê e cutuca Lyssa.

— Eu falei que ela viria — diz e pula, ficando de pé. — Ok, teremos um dia das meninas. E, é claro, uma pequena investigação.

Por um instante, fico desapontada de Josh não estar ali. E surpresa comigo mesma. Mas não demonstro. Imagino que os meninos estejam ocupados com outras coisas. Outras partes da investigação, se é assim que eles querem chamar.

— Aonde vamos? — pergunto.

Cal não responde.

— A srta. Bellini me deixou no comando — diz ela para nós duas. — Então, façam o que eu mandar, não importa o que acontecer, está bem?

Lyssa concorda avidamente com a cabeça.

— Por mim, tudo bem.

Dou de ombros.

— Ok.

Saímos em direção à margem do parque, passando pelas fontes e pelo parquinho das crianças.

— Quer dizer que vocês nunca têm folga disso? — pergunto, tentando parecer mais indiferente do que me sinto.

— Onde está seu espírito de aventura, Miranda? — pergunta Lyssa. Olho para ela e percebo que está jogando xadrez no telefone enquanto caminhamos.

— Ah, eu tenho esse espírito, pode acreditar — respondo.

— Mas, garotas, aos *sábados*? Os sábados não são para descansar?

Relaxar? Não podemos pegar o ônibus até o shopping e ficar lá nos bancos bebendo milk-shakes e zoando os sapatos das pessoas?

— Não é isso que a gente faz — diz Cal, e a frieza de sua resposta parece combinar com o olhar sem expressão de seus olhos cobertos por óculos escuros.

— Okaaaaaay — retruco.

Cal se vira e me olha de maneira adequada pela primeira vez, espiando por cima dos óculos escuros.

— Miranda, esta cidade está cheia de sombras — diz em uma voz baixa, toda doce. — Na minha opinião, podemos passar a vida toda *fugindo* das sombras... ou podemos ir *em direção* a elas. — Ela sorri. — Eu sei o que acho mais interessante.

Agora caminhamos em silêncio.

E, em pouco tempo, percebo aonde estamos indo.

**ESCOLA SECUNDÁRIA KING EDWARD VI: SÁBADO 14:15**

O portão é novo — brilhante, de tela de aço, controlado por uma fechadura eletrônica. Ficamos ali olhando para ele.

— Escola? — pergunto, criticando. — No *fim de semana*?

Lyssa tira os olhos do jogo de xadrez no celular.

— É a melhor hora para investigar — diz ela naquela voz artificialmente precisa. — Não tem ninguém lá.

Cal olha para os dois lados da rua, confirmando que não há ninguém à vista.

— Ollie hackeou a rede hoje de manhã e cuidou das câmeras de segurança. Afinal, não queremos que o diretor faça perguntas difíceis.

— Quer dizer que o diretor não sabe o que vocês fazem?

Cal ri.

— Ninguém sabe de nós. Oficialmente, nossa investigação não existe.

— Exceto em um bunker no subsolo do Hotel Seaview? Cal faz que sim com a cabeça.

— Exatamente — diz ela e abre o flip do celular. Digita um número. — Agora... é só enviar o sinal... — Ela encosta o celular na fechadura e põe o dedo na boca, pedindo silêncio.

— Arrombar e entrar? — pergunto. Tento parecer surpresa, mas acho que não consigo. Nada me surpreende neste grupo.

A fechadura apita, e ouve-se um clique. O portão zune e desliza apenas alguns centímetros — o suficiente para nós três passarmos espremidas. Quando estamos no parquinho, Cal envia o sinal outra vez e o portão desliza para fechar com um som metálico.

Cal sorri.

— Mamão com açúcar.

— Melzinho na chupeta — acrescento sem pensar e depois coro quando Cal me lança um olhar contundente.

— Veja se cresce, Miranda — diz ela e depois continua falando como se eu não tivesse dito nada. — Isso é muito mais difícil de fazer com um cadeado, posso lhe garantir.

— As novas tecnologias são sempre mais fáceis de invadir — concorda Lyssa. — Uuuuuh! — geme de repente, olhando para o celular.

Dou um pulo.

— O que foi?

— A posição Lucena! — exclama ela, me mostrando a tela.

— Ele está perdido. *Yessss.* — Ela parece envergonhada. — Desculpe. Fico muito empolgada com finais torre e peão versus torre.

— Aaaai — diz Cal, revirando os olhos. — Lyssa, largue isso agora.

Fico feliz de ver que, apesar de Lyssa fechar o celular com força, ela estica a língua para Cal antes. Ela pode ser um gênio investigador de paranormalidade, mas tem apenas nove anos.

Cal começa a andar pelo parquinho em direção à porta principal, como se fosse dona do lugar. Lyssa saltita atrás dela, sem nenhuma preocupação na vida. Corro atrás delas, ainda ressentida com o fora de Cal e olhando nervosa sobre os ombros. Estou convencida de que o zelador ou mesmo um policial vai pousar a mão sobre meu ombro a qualquer segundo.

— O que estamos *fazendo* aqui? — sibilo enquanto Cal pressiona o celular contra a fechadura da porta da frente, da mesma forma que fez no portão. A porta se abre.

— Vamos dar uma olhada na sala de informática — diz Lyssa atrás de mim.

Meus olhos se arregalam.

— Ela está interditada. Está fora dos limites!

Cal para, cruza os braços e olha para mim por cima do nariz.

— Miranda, sei que você é nova. Mas calma aí. Você realmente acha que algum lugar está fora dos limites? *Me poupe.*

A essa altura, eu já deveria estar acostumada com os modos de Cal. Fico me lembrando de que ela tem apenas um ano a mais que eu.

Olho para Lyssa, que simplesmente dá de ombros, sorri e segue Cal para dentro.

O que posso fazer? Sigo as duas em direção à escuridão bolorenta da escola. Correndo em direção às trevas.

— Não tem alarme aqui? — pergunto.

— Claro que tem — responde Cal devagar, espiando de sala em sala enquanto passamos por elas. — E são todos ligados a um sistema central. Desligar o alarme é brincadeira de criança. Por sorte, uma criança fez isso para nós.

Lyssa lambe um dedo e desenha uma marca imaginária no ar.

— Você andou investigando o vírus? — pergunto.

Lyssa faz que sim com a cabeça.

— Ollie e Josh cataram todas as fontes que puderam na web — responde ela, enquanto nos apressamos pelo corredor e subimos as escadas. — Nenhum registro de vírus que faça esse tipo de coisa a uma rede. O que quer que seja, é novo.

O lugar parece tão esquisito quando está vazio — maior, mais escuro, mais ecoante. As cadeiras, colocadas em cima das mesas, parecem cuidar da escola como guardas. Estremeço. A escola sempre parece *errada* quando não tem ninguém aqui.

Subimos para o segundo andar. No fim de um longo corredor, a sala de informática está interditada atrás de um plástico branco limpo e brilhante. Dá a parecer que o corredor termina numa parede de gelo.

— A polícia não vai estar por aqui? — pergunto, nervosa.

— A *polícia*? — pergunta Cal com um riso debochado. — Ela está nas ruas perseguindo motoristas bêbados e batendo em alunos em guetos. Errrr, quero dizer, mantendo a paz. Você acha que eles estão preocupados com uma falha nos computadores?

— Um pouco mais do que uma falha, não acha? — indago.

— Ka-bum! — diz Lyssa e acena as mãos em deleite.

— Por que todos não explodiram? — pergunto-me em voz alta. — Alguns computadores ficaram intactos.

— Ah, boa pergunta! — responde Cal. — Talvez a sua melhor até agora. *Muito* bem, Miranda. Fazer as perguntas certas pode ser mais interessante do que receber as respostas certas. — Ela revira os bolsos grandes e me joga alguma coisa que eu pego por instinto. — Aqui. Sua vez.

Percebo que estou segurando um canivete suíço. Olho para Cal, e ela me encoraja com um aceno de cabeça.

Dou um pigarro, abro o canivete e corto uma linha através do polietileno, liberando a entrada. Devolvo o canivete a Cal, e entramos pela abertura.

A sala de informática está completamente escura — a única iluminação vem das luzes de emergência avermelhadas. Percebo que alguém colocou plástico também em cima de todas as janelas. Os computadores que explodiram também estão cobertos com plástico, mas os poucos que não foram atingidos ainda estão descobertos.

Cal passa rapidamente de um computador a outro, verificando os números nos teclados.

— Quando Ollie hackeou o sistema pra nós, ele conseguiu isolar a fonte da oscilação de energia a uma sub-rotina específica que roda em uma das máquinas. Mas teve um código que não conseguimos quebrar.

— E eu não consegui dar sentido ao que pegamos — acrescenta Lyssa.

— Uau. — Viro a cabeça para Lyssa, decifrando mentalmente o papo geek. — Quer dizer que nem a Pequena Miss Sunshine é infalível?

Lyssa me ignora. Ela está verificando a fileira de PCs no fundo.

— Aqui! — grita ela. — Terminal número 13. E ainda está intacto.

— Que falta de sorte para alguns! — diz Cal, feliz. Ela põe as mãos sobre o computador e fecha os olhos.

— O que você está fazendo? — pergunto.

— Tentando ler — responde ela.

— Ler? — sussurro, confusa.

Ela faz que sim com a cabeça.

— Às vezes, os objetos deixam rastros de seu usuário. Uma memória. Como uma marca. E, às vezes, quando você tem o tipo certo de mente, ele pode ser lido. — Ela balança a cabeça, parecendo nervosa, e abre os olhos. — Mas não hoje. Lyssa, precisamos extrair os dados.

Fico curiosa com essa habilidade de Cal, mas não tenho mais tempo para perguntar. Lyssa assente e se senta ao terminal, dando um boot.

— Tem alguma coisa que você quer que eu *faça*? — pergunto. — Ou estou aqui apenas para observar e fazer comentários brilhantes?

— Olhe — diz Cal —, você pode vigiar a porta, se quiser.

— Quer dizer que sou um cão de guarda?

— Isso. — Cal dá um sorriso irônico. — Bem, todo mundo começa de algum lugar.

Caminho deslizando pelo plástico rasgado, olhando e ouvindo o corredor em busca de algum sinal de movimento.

— O que vocês estão fazendo agora? — pergunto.

Lyssa ergue um pen drive vermelho gordinho.

— Roubando!

Descobri que Lyssa é uma menina de poucas palavras. Cabe a Cal me dar as explicações adequadas.

— Só precisamos — diz Cal — copiar os dados desse HD e levar para análise. Mas não podemos fazer isso remotamente. Temos que tirar *desta* máquina. O problema é que grande parte deve estar codificada. Esses dados não foram feitos para sair. Mas, se alguém pode ultrapassar um firewall, esse alguém é Ollie.

— Bem, devo dizer que não entendi nada a partir de pouco depois do *copiar* — admito.

Cal suspira e inclina a cabeça para o lado.

— Está bem, cão de guarda. Dê uma latida se alguém aparecer.

Lyssa espeta o pen drive na porta USB do computador, e vários pop-ups aparecem na tela. Observo admirada enquanto as mãos de Lyssa agem rapidamente pelo teclado, digitando linhas de números.

— Dê um jeito de não deixar rastros — diz Cal. — Você consegue fazer um bloqueio para disfarçar a entrada?

Lyssa assente.

— Estou fazendo isso agora.

— A professora B. não poderia fazer isso? — pergunto.

Cal balança a cabeça.

— Às vezes, ela precisa ficar de fora. E o login dela poderia ser rastreado. — Ela olha para o relógio. — Ande, Lyssa. Acelere.

Lyssa olha para cima e sorri.

— Você não quer que eu faça besteira, quer? — Ela se recosta na cadeira e aperta mais algumas teclas. — *Pronto*.

A tela fica preta. Prendemos a respiração.

No centro da tela, agora vejo uma barra, que vai enchendo como mercúrio em um termômetro enquanto os dados são transferidos.

Eu pisco, lembrando-me do calor quando vi os computadores em erupção pela primeira vez. Afasto o suor da testa. Ainda está quente aqui.

A barra fica vermelha em um ritmo lento, que chega a provocar agonia. Ao lado dela há um contador em dígitos amarelos mostrando que percentual dos dados foi transferido para o pen drive: 10%, 15%, 20%...

— Não estão achando quente aqui? — pergunto, meio nervosa.

Cal e Lyssa se entreolham. Cal olha para mim.

— Está sentindo algo? — pergunta ela com urgência. Ela agarra meus ombros. — Não fuja disso. O que é? Conte para nós.

Balanço a cabeça, quase com raiva.

— Não, não estou sentindo nada.

*Algo — ali — sobre o ombro dela — uma sombra se movimentando rapidamente?*

Engulo em seco e me afasto de Cal. De repente, sinto medo dela.

— Você está mentindo — diz Cal.

Mas, então, todas nós ouvimos. Do lado de fora, no corredor, uma porta bate, e o som ecoa por todo o piso. Depois ouvimos um barulho tilintante e passos arrastados.

É um barulho no mundo físico real. E os passos são humanos. Giro para encarar Cal e Lyssa.

— Alguém está vindo! — sussurro, olhando para o corredor através do buraco na lona de plástico.

Cal olha para Lyssa.

— Quanto falta?

— Já foi quase metade — responde Lyssa, calma.

Tento ouvir, ver se consigo perceber de onde os passos estão vindo, mas o eco me impede. Mordo os lábios, olhando freneticamente para os dois lados do corredor, para dentro e para fora da sala a todo momento.

— Setenta por cento — diz Lyssa do terminal.

Todas prendemos a respiração, sem saber o que fazer. Os passos estão se aproximando.

Meu coração está disparado. Vão nos pegar.

— Precisamos dessas informações — diz Cal com firmeza. — Não podemos ir embora sem elas.

Olho em pânico para Cal e Lyssa.

— Vamos lá! Precisamos sair daqui. *Agora!*

Do lado de fora, os passos lentos se aproximam cada vez mais...

## CAPÍTULO 7
# Dados

— O armário — diz Cal. — Rápido!

Por um segundo, olhamos para Cal como se ela estivesse louca. E depois olhamos para o grande armário no canto da sala de informática, onde eles guardam os manuais, as peças de reposição e todo tipo de tralha.

— Deixe o pen drive na máquina — diz Cal. — A gente vai ter que arriscar.

Puxo a maçaneta da porta do armário. Torno a puxar. Ela sacode, mas não se move.

— Trancada — sibilo para Cal.

Pegando o canivete suíço outra vez, ela o desliza entre a porta e a moldura e o levanta como uma profissional. Com uma vibração e um rangido, a porta se abre.

— Entrem! — diz ela para mim e Lyssa, nos empurrando para dentro.

Ficamos amontoadas lá dentro e nos agachamos na prateleira inferior embaixo de todas as coisas. Cal puxa a porta atrás de nós e a mantém fechada. O espaço enclausurado tem cheiro de metal e papel. Cal está de um lado, Lyssa e eu estamos do outro.

E prendemos a respiração. Tento espiar pela abertura, mas Cal sacode um dedo para mim e balança a cabeça.

Quero ver o que está fazendo barulho. Com intrusos humanos eu sei lidar. Mas estou preocupada com o que senti mais cedo, por um instante. Havia uma sombra.

E agora alguém entra na sala de informática. Ouvimos os passos pararem e ouvimos um som de desaprovação.

— Vândalos malditos — diz uma voz ríspida.

Olhamos umas para as outras, porque reconhecemos a voz. É o sr. Harbinson, zelador da escola. Eu quase expiro fazendo barulho, de tanto alívio que sinto. Imagino que ele esteja olhando para minha incisão perfeita no plástico sobre a porta e sinto uma pontada de culpa.

— Droga — diz ele. — Sei lá.

Ele ainda está resmungando consigo mesmo. O som de seus passos se aproxima do armário. Mal ousamos respirar. Nós o ouvimos se inclinar, depois ouvimos um som de arrastar sobre uma das mesas. Percebo de cara o que aconteceu — ele encontrou o computador ligado e está movendo o mouse para ver se algo aparece na tela.

Um segundo depois, o chiado do computador some — o sr. Harbinson o desligou, resmungando:

— Droga, sei lá — diz outra vez.

Cruzo os dedos. Não tenho coragem de olhar para Lyssa ou Cal.

Agora, enfim, os passos começam a se afastar, e o ouvimos ofegar e tossir ao sair da sala de informática.

Imagino que ele vá contatar o diretor para relatar que alguém andou fazendo bagunça na sala de informática. Espero que estejamos a quilômetros de distância quando isso acontecer. Mas ainda temos que sair daqui.

Cal assente e aponta para mim. Com cuidado, abro um pouquinho a porta do armário e confirmo que a área está limpa antes de sair, tentando não fazer barulho. Lyssa corre até o computador, que agora está desligado.

Mas o pen drive ficou na máquina. Lyssa sorri para mim e para Cal antes de puxá-lo e enfiá-lo no bolso.

— Que sorte! — digo sem emitir sons.

O velho Harbinson não deve ter percebido nada além do fato de o computador ter ficado ligado — por sorte, o que apareceu na tela não despertou seu interesse.

— Só espero que todos os dados tenham sido copiados antes de ele desligar — sussurra Cal.

Verifico a saída.

— Liberado! — sibilo.

Andamos na ponta dos pés ao longo do corredor. Ouvimos Harbinson assobiando no andar de baixo, provocando ruídos e fazendo alguma coisa no quartinho dele, que fica afastado do corredor principal do andar de baixo.

— Para a entrada principal — sussurra Cal. — Rápido!

Em menos de um minuto, estamos de volta ao saguão e Cal já pegou o celular. Olho nervosa por cima do ombro, mas o assobio de Harbinson ainda está ecoando pela escola, nos dando uma boa ideia de onde ele se encontra.

Cal aperta o código para o sinal que ela usa, e a fechadura eletrônica se abre.

Estamos do lado de fora, correndo pelo parquinho em direção ao portão, e temos nosso tesouro.

**HOTEL SEAVIEW: SÁBADO 16:32**

A professora Bellini olha para cada um de nós por sobre a grande mesa de madeira.

— Está bem — diz ela. — O que sabemos? Vamos perguntar ao nosso mais novo membro. Miranda?

Estamos em uma cápsula transparente que funciona como escritório da professora Bellini — ela é presa no teto por vigas de aço, e só é possível acessá-la por uma escada.

Todos estão me olhando. A professora Bellini, com seus olhos escuros acolhedores, espiando sobre os óculos metálicos. Josh, esparramado numa cadeira, com um dos braços sobre o encosto. Onde ele esteve?, pergunto a mim mesma. Cal, despojada e graciosa. Lyssa, com as mãos cruzadas sobre a mesa, como se estivesse na escola. E Ollie, com o rosto alerta e ávido por baixo dos cabelos louros quase brancos. Há um notebook aberto sobre a mesa.

Fico surpresa ao ver a rapidez com que fui aceita aqui. Como pareço me encaixar com facilidade.

— Bem — digo com cuidado —, acho que estamos lidando com algo que, por algum motivo, precisa de *energia*. O ônibus: praticamente todo o calor foi tirado dele, certo? Cada grama.

— Joule — interrompe Josh.

— O quê? — pergunto, irritada.

— A energia é medida em joules, May. Não em gramas. Você não aprendeu *nada* no oitavo ano?

A professora Bellini ergue uma das mãos.

— Continue, Miranda.

Tento me concentrar. Venho pensando no que aconteceu.

— O motor fundiu, a gasolina congelou...

— Diesel — interrompe Josh.

Olho para ele irritada.

— Está bem, o *diesel* congelou... o metal e o plástico começaram a congelar. Acho que houve uma *enorme* troca de energia ali. Como se algum tipo de reação estivesse acontecendo e precisasse de muita energia. Mas, por outro lado, com aquele vírus na sala de informática: algo estava canalizando muita energia elétrica por um único computador, o número 13. Isso que levou ao aquecimento e explodiu o sistema todo.

Josh solta um assobio baixinho.

— Nada mal. Nada mal mesmo!

— Qual é o ponto de solidificação do diesel? — pergunta Ollie.

— Boa pergunta — responde a professora Bellini. — O problema do diesel derivado de petróleo é que não é apenas *um* produto químico. É uma mistura de tipos diferentes de hidrocarbonetos. No Alasca, os caminhões ainda conseguem se movimentar em temperaturas de -46 graus Celsius. Eu diria que é algo entre... uns -70 e -185 graus Celsius.

— Isso é frio demais — comenta Josh. — O que conseguimos com os dados do computador?

— Tudo extraído — responde Ollie e vira o notebook para todos nós vermos. A tela mostra um gráfico de linha do tempo: uma linha verde pontilhada contra um fundo preto, marcando a atividade da rede em relação ao tempo. — Um esporo viral foi inserido na cópia de rede do software Image-Ination às 11:02 da manhã, *aqui*. Ele atacou o sistema por dentro. Agora, o que acontece com a *maioria* dos vírus de computador é que eles são um saco, eles podem apagar seus dados, mas não conseguem danificar o hardware em si. Bem, mas este fez isso.

— Como? — pergunto, genuinamente interessada.

— É, como? — ecoa Cal. — Um vírus de computador que causa uma sobrecarga de energia elétrica? Não faz sentido.

Ollie sorri.

— Eu esperava que vocês perguntassem. O vírus não veio do computador 13, mas, por algum motivo, ele foi o primeiro a ser atingido.

— O Image-Ination não está corrompido, está? — pergunta Lyssa. — Não, então o vírus é um chamariz. Ele foi *inserido* lá para que, quando o pessoal do TI verificasse o que estava errado, fosse induzido ao erro.

— Então — diz a professora Bellini, tirando os óculos e girando-os entre o polegar e o indicador —, nossa conclusão é...?

— A sobrecarga foi causada por algo *de fora*. Algo ou alguém na sala — respondeu Ollie.

Há um instante de silêncio, e todos respiramos fundo e nos entreolhamos.

Então, Cal diz com cuidado:

— Algo... transferindo energia diretamente para a rede de computadores?

— Ou extraindo — sugiro.

Todos se viram para me olhar.

Droga, odeio quando eles fazem isso. Mas tenho algo a dizer, e parece que eles estão ouvindo.

— Continue — diz a professora Bellini.

— Bem, isso também pode causar uma oscilação de energia, não é? E faria muito mais sentido. Esse... o que quer que a gente esteja combatendo, deve precisar de energia.

Josh não falou muito até então, mas agora ele se desenrosca da cadeira e se inclina para a frente.

— E se for uma forma bizarra de energia que consegue se adaptar ao ambiente? Como um camaleão?

— Muito bom, Joshua — diz Cal. — Você está *pensando*. É seu aniversário?

Josh sorri para ela.

— É só para agradar você.

Cal sorri de volta, e os dois mantêm um olhar de entendimento mútuo por tempo suficiente para eu perceber a troca entre eles. Parecem próximos, Josh e Cal. Eles discutem e se provocam, mas percebo que há algo ali. Ah, sim, até eu consigo ver isso. E por que isso me incomoda? Não deveria.

— Vou começar a procurar algumas coisas — diz Ollie, reunindo as anotações. — Tenho muito a pesquisar.

— E eu vou olhar melhor os dados do computador com você — diz Lyssa, com sua avidez normal. — Pode surgir mais alguma coisa. Algo que eu deixei passar.

A professora Bellini sorri, se recosta na cadeira e estica as mãos.

— É isso que eu gosto de ver, pessoal. Automotivação. E, Miranda...

— Sim, professora Bellini? — Minha voz parece fraca.

Ela sorri.

— Bom trabalho. Vá para casa, por enquanto. Você parece cansada. Mas volte na terça depois da aula. Tenho algo para lhe mostrar.

## VELHA CASA DO VIGÁRIO: DOMINGO 14:37

Estou deitada na minha cama. Meus olhos estão muito pesados. Não me sinto bem. Acho que preciso dormir. Qual é o meu problema? Mononucleose? Gripe? Parece mais esquisito que isso, como nas vezes em que fico meio desconectada da realidade — no ônibus congelando, ao ver a Forma ou aquela sombra na sala de informática. Há uma fraqueza estranha no meu corpo e nos meus ossos.

A "ajudante" da minha mãe, Tash, levou Trufa para dar uma volta, enquanto minha mãe visita clientes. Do lado de fora, o sol primaveril luta contra nuvens baixas e carregadas.

Não sei se meus olhos estão abertos ou fechados.

Acho que estou andando pela Esplanada. Está anoitecendo e o lugar, deserto. Isso é tão estranho... Será que estou acordada? Ouço gaivotas guinchando e imagino... sonho... não, mais do que isso, eu *sinto* que estou me movimentando pela orla, com o vento frio e salgado no rosto. Sinto aquele cheiro pungente de algas mortas, aquele odor que queima. *Enxofre*. Eu paro e protejo os olhos do sol que se põe.

*E lá está.*

Está de pé à beira do mar outra vez. Exatamente como no outro dia, quando tomei sorvete na cafeteria com Josh.

Mas desta vez é uma Forma reconhecível. Humana. Está usando um vestido longo e escuro, e o rosto está coberto por um capuz. Uma menina...? E está acenando para mim. Estou tremendo de medo. Ouço minha respiração irregular, sinto meu coração bombear sangue.

Estou acordada ou dormindo?

O quarto se estabiliza à minha volta. Agora estou acordada.

Respiro fundo diversas vezes, sentindo a boca seca e suando de medo. Olho ao redor. Apenas eu, a bagunça de sempre, minhas roupas e meus cartazes.

Mas o coração ainda está batendo forte.

Preciso sair da cama. Preciso sair do quarto. Foi nesta cama e neste quarto que vi a Forma pela primeira vez; é onde o terror começou. Não posso deixar isso acontecer de novo.

*Não sonhe.*

Ainda assim... preciso de respostas.

Eu me lembro do que Cal disse naquele dia no parque. *Fugir das sombras ou ir em direção a elas? Eu sei o que acho mais interessante.*

Ainda tremendo, desço e me sirvo uma Cola-Maxx, coloco o iPod no deque sobre a penteadeira e passeio pelas músicas.

Nada combina com meu humor. Hoje não quero The Janies, Crank nem Elusive. Nem mesmo os JumpJets. Preciso de algo vazio e sem sentido. Pesquiso um pouco mais e encontro umas músicas dançantes que um dos garotos da antiga escola baixou para mim. MC Gaia and the Force. Não significa nada. Acho que nunca ouvi.

Ponho a música para tocar enquanto bebo o refrigerante. É boa. Pulsante e rítmica, mas meio exagerada, ecoando pela cozinha com um baixo tão forte e estimulante quanto a Cola, com um teclado alegre por cima. Um bom tecno das antigas para uma tarde de domingo. "*E, se você souber que eu te amo, vai sentir isso no ar, vai sentir em toda parte...*" Letra besta, mas balanço a cabeça para acompanhar, folheando um jornal local que minha mãe deixou sobre a mesa. Tento dizer a mim mesma que me sinto normal, mas ainda estou tremendo por causa do sonho. Tento me interessar por algo. Coisas sobre exposições de jardinagem, crianças locais ganhando prêmios, algo sobre a nova estação de energia ser ligada...

"*E, se você souber que eu te amo, vai sentir isso no ar, vai sentir isso no ar...*"

O som pula um segundo. Fico me perguntando se é assim mesmo. Ele pula de novo, perdendo vários compassos.

Vou até o iPod para ver o que há de errado. A música não está apenas pulando, agora, mas está presa em um loop de dois segundos.

"*Sentir isso no... sentir isso no...*"

E então ela para e fica em silêncio.

Faço uma careta. A tela ainda está iluminada. Dá a parecer que deveria estar funcionando normalmente.

Algo diferente sai pelos alto-falantes.

Um assobio.

Uma melodia pura e clara em um espaço aberto com eco. Não percebi quando ouvi pela primeira vez nos fones de ouvido no Hotel Seaview. Mas agora reconheço. Uma velha rima infantil vinda do passado distante.

*Um anel de rosas, um bolso cheio de ramalhetes...*

Arranco o iPod do deque e o arremesso para o outro lado da cozinha. Ele se esmaga contra os azulejos, escorrega e para. Só para garantir, desligo também o deque.

Estou tremendo, suando, respirando forte.

Não estou sonhando. Como da outra vez na Esplanada, quando vi a Forma. Estou acordada. Algo está acontecendo comigo, invadindo minha vida, e parece que não consigo fazer nada.

## ESCOLA SECUNDÁRIA KING EDWARD VI: SEGUNDA 12:32

Estou na biblioteca, tentando procurar coisas para o trabalho de geografia, e algo é jogado sobre a mesa na minha frente — uma grande caixa azul de arquivo.

— Você me fez borrar — observo, olhando para Josh de baixo para cima.

— Quem se importa? — pergunta Josh. Ele puxa meu livro sob o arquivo e olha para ele. — *Escarpas Tectônicas do Sul.* Caramba, que idiotice. É isso que vocês fazem no oitavo ano hoje em dia?

— Joshua Barnes — sibila a bibliotecária, srta. Challis, sentada à sua mesa, olhando para ele com fúria. — Se tiver uma aula para assistir, por favor, faça isso. Se não tiver, por favor, fique em silêncio! As pessoas vêm aqui para trabalhar!

— Desculpe, senhorita. Já estou indo, senhorita. — Josh agarra meu braço. — Venha.

Estou recolhendo minhas coisas, enfiando-as freneticamente na mochila.

— Tenho netbol daqui a pouco.

— Não. Você está com sorte. Bilhete da sua mãe — diz ele, enviando um SMS com uma das mãos enquanto me empurra porta afora da biblioteca.

— Ah, é?

— A srta. B. vai dar um jeito.

— Josh, a professora B. não pode *falsificar* um bilhete da minha mãe.

— Você ficaria surpresa. — Ele sorri, espera alguns alunos atrasados passarem correndo para suas salas e ergue a caixa de arquivo. — Então? Não vai me perguntar o que é isso tudo?

Dou de ombros.

— O que... é isso?

— Achei que você nunca iria perguntar. Venha cá!

Percebo, bem a tempo, que ele vai me jogar o arquivo e o pego, ofegando com o peso.

— Muito bom, Miranda. Venha comigo.

Não o sigo imediatamente.

— Miranda? — chama ele, acenando cheio de gracinhas na minha frente. — Tudo bem?

— Hum, sim, sim. — Balanço a cabeça. — Estou bem. É só que... não dormi muito bem na noite passada. Andei... bebendo Cola-Maxx.

— Ahhh, cuidado com isso — diz Josh. — Isso é meio forte, sabe? Você pode ficar viciada.

— Posso? — pergunto, assustada.

— Não! Você está bem, Miranda? Tem certeza?

Aceno a cabeça apressada.

— Tenho certeza. Ótima. Aonde vamos?

Parece que estamos indo ao laboratório de física, onde há um computador livre. O técnico olha com raiva para nós, mas Josh diz a ele que vamos fazer um trabalho para a professora Bellini. Ele se arrasta para longe. Aposto que ele vai verificar e aposto que teremos acesso liberado pela professora B.

Ok, estou começando a gostar disso. Eu me sinto como se conseguisse escapar de qualquer problema.

Abro a caixa de arquivo. Está empoeirada e cheia de disquetes, aquelas coisas quadradas grandes que as pessoas pararam de usar, tipo, *décadas* atrás.

— Nunca vamos conseguir ler isso! — digo.

— Ah, você acha? — Josh dá um tapinha em algo ao lado do computador: uma unidade de disco de cor bege com uma abertura fina e comprida, ligado à máquina principal por uma longa tripa de fios coloridos. — A srta. B. salvou isto do ferro-velho alguns anos atrás. Uma ideia brilhante.

— O que é isso tudo, afinal? — pergunto, dando a Josh o primeiro disco da pilha.

— Registros de fenômenos sem solução de até trinta anos atrás. Ollie conseguiu para mim. São dados que nós sempre quisemos transferir para um formato mais atual, mas nunca conseguimos. Mas isso significa que não são exatamente fáceis de acessar. — Ele enfia o disquete, e o drive faz barulhos e chiados como um misturador de alimentos. — Droga, essas velharias fazem uma barulheira...

— O que estamos procurando?

— Qualquer coisa relacionada a oscilações de energia inexplicáveis. Trocas de energia. Esse tipo de coisa.

— E precisamos ver todos esses disquetes? — pergunto, horrorizada, olhando para as fileiras intermináveis de texto branco pixelado à moda antiga rolando na tela preta.

Josh dá um tapinha no meu ombro.

— Não. *Você* tem.

— O quê? — Olho para cima.

Ele coloca a mochila no ombro.

— Aula de rúgbi — diz ele com um sorriso de desculpas. — E não tenho um bilhete.

— Por que você não pode fazer isso? — pergunto de cara feia.

— Cal me pediu para conseguir que você fizesse.

— Ah, entendi. E o gatinho *sempre* faz o que Cal manda.

Ele revira os olhos fazendo drama.

— Não é bem assim.

— Ah, não? — pergunto com um sorriso travesso. — Bem, Josh, se você está dizendo...

Ele abre a porta da sala e para no portal.

— Pense nisso como uma tarefa para você alcançar um posto mais alto. Noventa por cento da eficiência é saber delegar.

E vai embora.

Odeio isso. Eu realmente *odeio* isso.

E Josh? Está se *divertindo*.

Suspiro, olhando outra vez para a pilha de velhos registros em disquetes.

Não sou burra. De jeito nenhum vou olhar todos esses disquetes sozinha sem ter uma ideia do que isso pode significar. Então, faço o que qualquer pessoa inteligente faria. Posso não ser uma especialista em informática, mas consigo fazer isso. Enfio os disquetes um a um, copio todos os dados para um documento, coloco no meu espaço seguro na web e dou um boot.

Bem quando estou saindo do laboratório de física deserto, meu telefone faz um barulhinho.

É uma mensagem de texto de Jade.

**Onde vc está, garota? preciso falar**

Envio um texto em resposta, andando depressa pelo corredor.

**Ocupada d+, encontro vc no intervalo**

Fico feliz de poder conversar. Jade e eu temos assuntos inacabados.

No recreio, vejo Jade de imediato.

— Você está ferrada, garota — diz ela, estreitando os olhos. — A professora Venderman queria saber onde você estava na aula de educação física. Tive que defendê-la. Disse que você passou mal no banheiro e precisou ir ao médico.

— Obrigada — digo. (Morreu o bilhete da minha mãe, Josh, penso com amargura.)

— De nada — diz ela, olhando para o lado. E me oferece uma bala de anis, que aceito agradecida. O sabor forte me lembra que não provo uma destas há meses. — Então, onde você estava?

— Não me diga que o time de netbol acabou sem mim.

Jade me dá um dos seus sorrisos súbitos e calorosos.

— Bem, na verdade, não. Você saltou fora? Respeito! Queria eu poder. — Ela me encara. — Você *saiu*, não é? Sua insolente, você saltou fora! Tem a ver com os Esquisitos, não tem?

— O que você queria me contar? — pergunto, evitando a pergunta.

Jade olha ao redor. Há alguns meninos do ensino médio fumando num canto e, na outra direção, um grupo de meninas trocando cards de Zillah Zim. Alguns alunos do sétimo ano estão dando risadinhas e fofocando no muro. Ela agarra meu braço e me puxa para trás das caixas.

— Ai! — Esfrego o cotovelo.

— Desculpe, é que... — Jade olha para o parquinho, como se não soubesse muito bem como falar comigo.

— Olhe, minha telepatia não está muito avançada — digo. — Você vai ter que usar a voz.

Ela olha para cima com a boca escancarada.

— Foi uma *piada*, Jade. Vamos lá. Fale logo.

Ela morde os lábios, espia ao redor das caixas outra vez para ver se ninguém está ouvindo.

— Estou preocupada com você — diz ela.

— Comigo? Sério?

— Você não está muito bem! Tem se olhado no espelho ultimamente?

Passo a mão pelos cabelos.

— Estou me sentindo bem, Jade. De verdade.

Jade pega um espelho no bolso e segura em frente ao meu rosto. Olho meu reflexo trêmulo. Acho que estou meio acinzentada e meus olhos têm olheiras profundas. Além disso, meus cabelos estão pendurados em tranças frouxas.

— Alguma coisa está perturbando você, não é? — pergunta Jade. — Algo grande. Aposto que tem a ver com eles.

— Eles?

— É. Os Esquisitos. — Jade levanta as mãos e faz garras com os dedos. — Você não é mais a mesma desde que começou a sair com eles.

— Estou bem de verdade, entende?

Ela faz cara feia.

— Se você tem certeza. É só que... parece que você não tem mais muito tempo para os amigos *normais*.

— Olhe, vamos conversar depois da aula. — Eu hesito. — Talvez na sua casa...?

O sorriso de Jade desaparece.

— Isso não seria legal.

— Ah. Desculpe... Só achei que...

Ela balança a cabeça com firmeza.

— Minha mãe e meu pai, eles... bem, eles, como eu disse, eles trabalham em casa. Não gostam que eu leve amigos.

— Certo — digo, meio desconcertada. — Sem problemas. Isso foi um pouco diferente do outro dia. O que mudou?

O sinal toca, e temos que voltar para dentro.

CAPÍTULO 8
# Truques

**HOUSEMAN BOULEVARD: SEGUNDA 15:37**

Estou seguindo Jade até a casa dela. Não gosto nada disso, mas preciso fazê-la perceber que *ainda* quero ser amiga dela, mas é complicado. E também quero saber por que ela não me convida para ir à sua casa. O que está acontecendo?

Mantendo-a no campo de visão, corro pela Houseman Boulevard, o anel viário de mão dupla perto do mar. De um lado, o parque Craghollow e, de outro, hotéis e belas casas alinhados. As pistas são largas, e as margens bem-cuidadas têm grama.

Jade está à frente, virando a curva da rua, bem onde ela se dirige à cidade. Não vou conseguir alcançá-la a tempo de saber em que direção está indo.

Acelero o passo e diminuo a distância entre nós para algumas centenas de metros. Então, eu a vejo entrar à direita na altura da estátua da Rainha Vitória, cortando até a entrada do parque sob as copas das castanheiras. Ela está atravessando o parque Craghollow, andando depressa em direção à saída no lado mais distante que leva ao Conjunto Habitacional Millennium, e agora estou com uma ideia na cabeça que acho que vai se comprovar.

Saio do parque bem a tempo de ver Jade virar na rua coberta de sombras de árvores na Shelley Drive. Meu instinto parece bom.

Acelero até a esquina da rua e observo escondida nas sombras da cerca viva.

Jade pega a chave. Ela está subindo a longa entrada de uma grande construção de tijolos vermelhos com torres que domina este lado da rua. Observo enquanto ela sobe os degraus da porta da frente, põe a chave na fechadura e entra.

Então, eu estava certa.

Eu não sabia.

Mas agora ela vai pensar que eu sabia — que não acreditei no que ela disse sobre a mãe e o pai — e que por isso eu não quis ir à casa dela. Porque ela vive *ali*, no Orfanato Copper Beeches.

## VELHA CASA DO VIGÁRIO: SEGUNDA 22:22

Tudo dois. A hora brilha no meu relógio prateado, ao lado da cama, enquanto tento cair no sono. A costa nunca está parada, nem mesmo à noite. Ouço o mar varrendo a baía, gritos levados pelo vento no porto, até um som de pancada distante, que provavelmente vem da barca noturna que vai para a Bretanha.

Fecho os olhos e penso no barco, uma luz cintilante na água, deixando o porto, mantendo-se entre as luzes piscantes que marcam a rota segura e indo em direção à escuridão fria azul-escura além.

Fecho os olhos, e o som profundo agora é algo totalmente oposto: o rugido intenso do fogo.

Estou de pé à margem de um campo, e a figura esguia de uma menina está correndo na minha direção em câmera lenta. Atrás dela, uma floresta inteira pega fogo, um muro de chamas, a fumaça crescendo em direção ao céu claro. Tento focalizar, e meus olhos estão pesados e arranham como se estivessem com areia.

A garota para de repente, me encarando com olhos grandes em um rosto enegrecido pela fumaça, o cabelo negro como carvão, selvagem e queimado nas pontas. Ela balança a cabeça em silêncio e se vira como se quisesse fugir de mim.

— Pare! — grito, ou tento. Não tenho ideia se as palavras saem ou se são rasgadas pelo vento enfumaçado. — Volte aqui! Diga quem é você.

Ela para, olhando por sobre o ombro. Quando me aproximo, percebo uma sensação de medo. Por quê? Certamente ela é apenas uma menina, assim como eu. Ela se vira e se afasta de mim. Posso ver minha mão tentando alcançá-la. Mais perto, mais perto e ainda mais perto. Estou quase tocando o ombro dela.

Então, ela se vira para mim.

Agora, emoldurado pelos cabelos pretos selvagens, há um rosto amarelo, idoso e coberto de pústulas inflamadas e sombrias. Ela abre a boca, mostrando pedaços de dentes marrons, e *sibila*.

O choque me rouba o fôlego.

Fico deitada acordada na cama, contando, respirando, me concentrando nos detalhes do meu quarto. O quadrado de luz que é minha janela aos poucos entra em foco. Eu me viro e olho para o relógio. 22:35. Ainda negro, o mar continua respirando profundamente.

Eu me viro para o outro lado, os olhos bem abertos, fitando a parede.

Tudo o que eu quero é uma vida tranquila na nova cidade com minha mãe e Trufa, tentando esquecer que meu pai nunca mais vai me abraçar, dançar comigo, me pegar no colo e esfregar o queixo barbado na minha bochecha como costumava fazer. Para me esquecer disso, fui destruída.

Não posso mais fazer isso sozinha.

Preciso deixar que *eles* me ajudem.

## HOTEL SEAVIEW: TERÇA 16:17

Estou com Ollie em uma das mesas de computador. Ele vem trabalhando nos dados que transferi dos disquetes velhos. Lyssa está fazendo algo em uma das pequenas plataformas. Parece que está classificando pilhas de livros antigos.

Do outro lado do Datacore, como eles chamam o computador, Josh e Cal estão jogando sinuca de novo. É um jogo que parece envolver muitas risadinhas e jogadas de cabelos (ela) e muitas piadas ruins e poses com o taco (ele).

Estou meio que observando os dois. Ele está ajudando Cal a alinhar uma tacada, e isso envolve ficar atrás dela, bem perto, colocando as mãos sobre as dela.

É hora de pedir ajuda, e penso que é melhor pedir a Ollie do que aos outros.

— O que você sabe sobre "Um anel de rosas"? — pergunto a ele.

Como sempre, Ollie não parece nem um pouco surpreso de ouvir perguntas aleatórias.

— É uma rima. Aparentemente, sobre a Peste Negra.

— A Peste Negra?

— Não há nenhuma prova ou coisa parecida, e as pessoas dizem que é tudo invenção, mas, sim, foi feita em referência à Peste Negra. Também conhecida como Peste Bubônica. Da Idade Média. O anel é a coceira que as pessoas começavam a ter, os ramalhetes de flores eram para afastar a Peste, e a parte do *atchim* é, bem, cair morto. — Ele dá de ombros. — Mas ela não foi feita para ter algum significado oculto. Não há provas disso.

— Entendi.

— Quer compartilhar alguma coisa?

Estremeço, pensando no meu sonho. Na floresta em chamas e na Forma sibilante, na menina de cabelos escuros com pele amarela cheia de pústulas. E todas as outras coisas na minha cabeça. O cheiro de queimado, a névoa marítima, o calor do fogo.

— Só que... ultimamente... tenho... ouvido isso.

— É? Ouvido como?

Hesito.

— Não tenho muita certeza se entendo tudo o que estou passando, Ollie. Acho que ninguém consegue me explicar.

Ele faz uma pausa, depois simplesmente assente.

— Ok. Ah, a srta. Bellini quer ver você, quando estiver pronta.

Fico grata pelo tato que ele demonstra ter. Dou uma olhada para os jogadores risonhos de sinuca e me dirijo à escada de metal que leva à Cápsula.

Encontro a professora Bellini olhando para baixo, para a tecnologia espalhada.

— Quanto *custou* tudo isso? — pergunto, curiosa. Depois, para não parecer grosseira, continuo: — Se não se importa que eu pergunte.

A professora Bellini dá uma risadinha. Não parece ofendida.

— Muito pouco, no início. E várias brechas na lei foram usadas para assegurar que este lugar não chame atenção. Afinal, mantê-lo como uma ruína é ideal para os nossos objetivos.

Faço que sim com a cabeça. Entendo seu raciocínio.

— E todos esses aparelhos?

— Eles vêm de... benfeitores — responde a professora Bellini, enigmática. — Pessoas que simpatizam com a nossa causa, que não querem se envolver diretamente. Mas nós mesmos reunimos grande parte.

— Mas qual é o verdadeiro sentido de tudo? Quer dizer: como *começou*?

Ela se inclina na minha direção, os olhos cheios de uma luz interior.

— Essa batalha contra as trevas vem acontecendo há muito, muito tempo de alguma forma. Há séculos.

— E como você se encaixa em tudo isso, professora? Como chegou neste ponto, uma professora em uma cidade antiquada e administrando esse... grupo esquisito?

Ok. Estou me sentindo ousada. Mas ela não está de fato respondendo às minhas perguntas.

— Sabe — diz ela com cuidado —, ainda estamos lutando uma guerra, Miranda. Pode não parecer uma guerra para você, e essa é apenas uma ponta pequena e insignificante dela, mas é uma guerra. Contra forças que querem arrastar este mundo para as trevas. A cada vez, o inimigo tem um nome diferente, um rosto diferente. Mas a gente acaba reconhecendo. Especialmente alguém com um dom como o seu. Poderes psíquicos e intuitivos são uma grande arma na luta contra as trevas.

Torço o nariz.

— Acha mesmo que tenho um dom?

— Ah, sim — responde ela, parecendo perfeitamente séria.
— Você vê coisas. Sabe coisas. Para você, será confuso no início. Uma mistura de mensagens e sensações. Como se tudo estivesse acontecendo ao mesmo tempo. Como se, às vezes, você não soubesse dizer se teve um sonho, se sonhou acordada ou teve uma experiência psíquica. Estou certa?

Faço que sim com a cabeça.

Ela parece solidária.

— Isso vai passar. Você vai entender tudo melhor. Até mesmo controlar tudo. E, é claro, minha querida, pode haver mais coisas que consiga fazer. Afinal, ainda estamos conhecendo você.

— Mas foi por sorte que eu encontrei vocês, não foi? Quer dizer, apenas uma coincidência?

A professora Bellini sorri.

— As coisas raramente são *apenas* uma coincidência, Miranda. Uma rede de fios invisíveis envolve este universo.

Estou pensando nas minhas experiências em casa. As trevas dos meus sonhos invadindo o mundo real e a música no meu iPod que não deveria estar ali. A menina e a floresta em chamas. A Forma.

Conto à professora Bellini sobre a rima estranha e como achei que a reconheci. Eu ainda não disse tudo a ela, sobre os sonhos e tal, mas quero manter algumas coisas para mim até ter certeza absoluta de que posso confiar em todo mundo.

— Ollie disse que é da época da Peste Negra — explico.

A professora Bellini assente. Ela não parece surpresa.

— Faça um fio vibrar, e isso leva outros a se sacudirem e outros a ficarem parados, até que, em algum lugar da rede, algo se rasga, algo se quebra. E, quando você menos espera, o mundo está fora de equilíbrio. E alguém tem que cuidar dessas vibrações, conhecê-las e descobrir o que as causa. Estes somos nós.

— Ela faz uma pausa, como se estivesse absorvendo o que eu disse. — Obrigada por me contar, Miranda. Agora, venha cá. Vou lhe mostrar o quanto você sabe sem nem ao menos se dar conta disso.

Ela puxa um par de luvas e acena para eu ir até a mesa dela. Pega uma pequena caixa prateada na gaveta. Ela a abre, e dentro há uma pequena bola, como uma de pingue-pongue, só que menor. Ela a segura com o dedão e o indicador enluvados e a põe sobre a mesa. Não parece de plástico — é tão branca e lisa que poderia ser feita de mármore ou até de gelo. Ao lado, ela coloca três potes prateados do tamanho de metades de laranjas.

— É apenas um jogo — diz a professora Bellini. — Um velho amigo em uma feira de Nova Orleans me deu. Olhe. — E ela coloca a bola sob um dos potes e começa a movê-los lentamente sobre a mesa. Depois de alguns segundos, ela para de movê-los. — Qual? — pergunta, com um sorriso.

Não hesito. Estou mantendo o olho nele o tempo todo.

— Aquele — digo, apontando para o pote no meio.

— Muito bom — diz a professora Bellini e levanta o pote para me mostrar que estou certa. — Agora, de novo, só que *mais rápido*.

Desta vez, as mãos dela correm pela mesa mais rápido, e, embora eu esteja tentando ao máximo me concentrar e manter o olho no pote que *sei* que está escondendo a bola, simplesmente não é possível. Então, quando a professora Bellini termina de movê-los e faz um gesto para eu escolher, eu sei — e acho que ela também sabe — que estou apenas adivinhando.

Aponto para o da esquerda.

— Aquele.

A professora Bellini suspira.

— Ah, que falta de sorte. — Ela levanta o pote para mostrar que está vazio, depois me mostra a bola sob o da direita. — A velocidade da mão, Miranda May, engana os olhos. *Mas...* — Ela levanta um dedo, sorrindo daquele jeito estranho que faz os olhos dela se enrugarem. — Faça de novo. Não olhe. Apenas pense. *Veja* a bola na sua mente. Agora.

A srta. Bellini move os potes sobre a mesa, devagar no começo e, depois, acelerando. Tento fazer o que ela me pediu. Suas mãos se movem cada vez mais rápido. Eu penso. Eu penso. *Eu penso.*

Não sei por que, e parece totalmente aleatório, mas algo está gritando uma palavra na minha cabeça.

— Esquerda — digo. — Esquerda!

A professora Bellini levanta o pote da esquerda.

A bola está embaixo.

Estou surpresa, mas tento não demonstrar. Balanço a cabeça, agarrando a mesa.

— Pode ter sido apenas um lance de sorte.

— Claro. Grande probabilidade. Você tem uma chance em três de acertar por pura sorte, assim como qualquer pessoa. — A voz da professora Bellini está suave e aconchegante. Em aula, notamos que ela usa a mesma voz quando está elogiando ou repreendendo alguém, então não dá para ter *muita* certeza do que ela está fazendo. Acho que isso é parte do motivo pelo qual os alunos a respeitam. — Então, vamos tentar outra vez. *Vá.*

Os potes se movem, produzindo som e se arrastando, e, depois de alguns segundos, a professora Bellini me manda adivinhar.

Desta vez, a sensação me diz para escolher o do centro. Aponto para ele. A professora Bellini o levanta, e estou certa.

Agora estou estupefata, meu estômago revirando com aquela mistura de empolgação e ansiedade que a gente sente no primeiro dia de um novo semestre.

A professora Bellini faz o truque de novo, e de novo. A cada vez, eu *penso* em encontrar a resposta certa em vez de tentar procurá-la. Na maioria das vezes, acerto. Só errei uma vez em cerca de dez tentativas.

— Surpresa? — pergunta a professora Bellini, enquanto esconde a bola sob um pote outra vez.

Por instinto, faço que sim com a cabeça, mas em seguida me pergunto se deveria estar surpresa. Depois de tudo o que aconteceu, eu quase deveria esperar isso.

— Bem, é muito natural numa garota da sua idade e com a sua habilidade. *Ali!* — grita a professora Bellini de repente, apontando; e eu olho, assustada, pela parede de vidro da Cápsula. Não vejo nada incomum. — Agora me diga — continua ela, mostrando a mesa. — Diga qual é. Diga agora!

— Hmmmmm... — Sei que perdi a sensação. Ainda assim, aponto para o pote da direita.

A professora Bellini suspira e levanta o pote. Está vazio.

— Esteja sempre alerta a distrações — diz ela, levantando o pote do meio. Também está vazio. E agora ela levanta o da esquerda: para mostrar que também não tem bola ali.

Fico boquiaberta.

— Espere o inesperado — diz a professora Bellini com um sorriso.

— Não pode ter simplesmente sumido. Para onde foi?

— Você pode perguntar. — A srta. Bellini sorri e dá um tapinha no nariz. — Volte quando tiver uma resposta, Miranda. Uma resposta *científica*, por favor.

Desço a escada. Quando chego ao fim, olho para a Cápsula em cima. A professora Bellini está de pé em frente à janela, com as mãos no vidro e a cabeça abaixada, como que perdida em pensamentos profundos. Ou isso ou terrivelmente triste com algo.

## CAPÍTULO 9
# Amigos

**VELHA CASA DO VIGÁRIO: QUARTA 00:05**

Ainda não consigo dormir. Mas, pelo menos, isso quer dizer que não estou sonhando. Faz muito calor para esta época do ano, e me cubro apenas com um lençol, revirando as coisas na minha mente.

A professora Bellini me disse para esperar o inesperado. Essa é uma daquelas coisas que os adultos dizem quando não têm muita certeza do que querem dizer. Mas a professora Bellini sabe o que quer dizer e sabe o que elas significam.

Ouço Trufa fungando e gorgolejando em seu quarto no outro lado do patamar. Ele vai acordar a qualquer momento, sei disso. Quando fui para a cama, ainda havia luz sob a porta do escritório da minha mãe. Sei que não devo perturbá-la quando está trabalhando até tarde.

Quem sou eu? Para onde estou indo? Antes de tudo o que está acontecendo, eu teria pensado: então é só isso? Preciso apenas me esforçar na escola, nas provas, na universidade? Arrumar um namorado, me casar, conseguir um emprego, comprar uma casa, trabalhar até *morrer*?

Mas agora há algo novo.

Algo empolgante. Algo diferente.

Mas ainda estou deitada aqui, outra vez com medo de dormir. Com medo de que o sonho e a Forma possam voltar...

As fungadas de Trufa se transformaram em choramingos. Ouço alguém assobiando na rua lá fora. Um bêbado voltando do pub, imagino. Acho que conheço vagamente a melodia, mas não consigo identificá-la.

Trufa agora começou com aquele choro soluçado desesperado. Eu me pergunto o que *ele* pensa. Sinto um bocado de inveja dele. Quer dizer, que vida! Comer, fazer cocô, dormir. Já vi fotos e vídeos de mim quando bebê e não acredito que eu também era assim.

Mas gosto de assistir aos vídeos, porque meu pai está neles.

Algumas vezes, quase me esqueço de como era a voz dele, embora me lembre das palavras que ele dizia. *Ei, Panda. Venha nos abraçar.* Como seu olhar era aconchegante. Como ele...

Espere. O cara assobiando na rua.

Meu corpo inteiro fica arrepiado e rígido conforme as notas aleatórias começam a formar uma música.

Um. Anel. De. Rosas.

Agora esfriou. Eu me sento, puxo as cobertas na minha direção em um movimento súbito e protetor, como se tivesse percebido, sentido antes de ver de verdade.

Como eu sabia do caminhão na Esplanada.

Um. Bolso. Cheio. De. Ramalhetes.

*E então eu vejo.*

Apenas um flash escuro, refletido no espelho do meu armário. Uma faixa longa e tremeluzente de trevas, uma sugestão de rosto. O assobio está mais alto. Não está do lado de fora.

Está na minha cabeça.

Está no meu quarto.

*A Forma está aqui comigo.*

Por um instante, não consigo me mover; estou fraca e trêmula. O quarto flutua na minha frente e fica escuro. Há um redemoinho de sons e imagens dentro e ao redor da minha cabeça: gaivotas guinchando, névoa marítima, sinos soando, fogo crepitando, florestas queimando, o som de um mar sombrio e sem fim. O trotar de cascos de cavalos. O rosto destruído de uma menina.

Sinto um calafrio, como se a névoa marítima tivesse atingido a casa e tomado conta de mim, insinuando-se no meu nariz e na minha boca. Tento abrir a boca para gritar, mas não consigo.

Tento alcançar algo real. Minha mesa de cabeceira, meu relógio — não, isso não. Meu despertador. Pego o despertador e o arremesso no intruso. O despertador voa pelo quarto e se quebra contra o espelho do armário.

Estou de volta. Arfando para conseguir respirar.

Minha porta se abre com força. A luz inunda o quarto. Minha mãe está lá, parecendo nervosa, descabelada e com os óculos apoiados na testa.

Consigo me ver no espelho. Estou tremendo, sentada bem no canto do quarto abraçando o edredom com força. Do outro lado do patamar, Trufa agora está gritando, mais alto do que eu gritei. Pisco por causa da luz e me sinto ficar gelada de suor.

— Miranda, o que aconteceu?

Estamos apenas eu e ela no quarto. Agora consigo ver isso.

— Pesadelo, mãe — resmungo. — Só um sonho ruim.

— Ah, querida. — Agora ela está ao meu lado, acariciando meus cabelos e beijando meu rosto. — Não é de verdade. Tire isso da cabeça.

Estou tremendo, e, apesar de sentir os braços reconfortantes da minha mãe ao redor, eles não afastam esse mundo novo e aterrorizante.

Ela se afasta, olhando para mim, pegando meu rosto nas mãos.

— Você parece tão cansada... Está estudando demais na escola?

Faço que não com a cabeça.

— Não. De verdade. Apenas... acho que peguei um resfriado.

— Mel e limão quentes — diz minha mãe com calma. — Esses resfriados de primavera podem nos pegar. Vou lhe preparar a receita.

**ORFANATO COPPER BEECHES: QUARTA 16:07**

Depois da aula, tomo uma decisão. Vou fazer algo que me ajude a esquecer os sonhos e as Formas. Algo normal. E, de qualquer maneira, preciso fazer isso.

Caminho ao longo da rua rente ao parque e facilmente encontro a casa de tijolos vermelhos de novo. Bato na porta, e uma mulher de rosto corado aparece, limpando as mãos no avental.

— Olá, querida — diz ela, erguendo as sobrancelhas.

— Hmmm, vim ver a Jade — digo, nervosa.

— Ah, é? Agora? — Ela cruza os braços e me olha de cima a baixo. — Bem, você me parece uma menina boa. Talvez a ajude a se acalmar um pouco. — Ela me conduz para dentro. — Sou a sra. Armitage. Provavelmente ela lhe disse todo tipo de coisa sobre mim, não é?

Sorrio nervosa, sem querer dizer que Jade e eu nunca falamos sobre este lugar, porque eu oficialmente não sei que ela mora aqui.

— Acalmar? — repito enquanto entro no saguão.

A sra. Armitage dá um tapinha no nariz.

— Nossa Jade é meio malandra.

Sorrio sem jeito.

— É, eu sei.

— Ela está em algum lugar nos fundos, acho.

— Obrigada.

Hoje estou sendo normal. Jaqueta jeans, calça jeans preta, tênis. Sou apenas Miranda, a Mundana, que vim ver minha amiga. Opa, mas tem uma dor de cabeça se aproximando. Dormi pouco de novo. E achei que estava me sentindo melhor quando acordei.

Atravesso o corredor, passo por uma sala onde três garotos estão jogando sinuca. Um deles me reconhece da escola e acena com a cabeça em um tipo de cumprimento meio educado, meio sou-legal-demais-para-você.

— Estou, hmmm, procurando a Jade — digo, com as mãos nos bolsos, tentando parecer indiferente.

O garoto acena com a cabeça outra vez.

— Jardim — diz ele, apontando para os fundos.

— Obrigada.

As árvores são o que dão nome ao Orfanato Copper Beeches.* Há, pelo menos, dez delas, altas e com folhas roxas, se erguendo sobre o matagal do jardim. É um dia ensolarado e fresco, e o vento está farfalhando as folhas. Não há mais ninguém à vista. Franzindo a sobrancelha, recosto-me numa árvore mais torta que as faias. Não tenho certeza de qual é, mas ela tem galhos baixos que se espalham.

---

\* Em inglês, *beech* significa faia. (N. T.)

— Oi!

Surpresa, olho em volta. Não vejo ninguém atrás de mim. Quem falou?

— Aqui, sua besta!

Olho para cima. Jade está sentada em um tipo de plataforma de madeira — meio frágil para ser chamada de casa na árvore — nos galhos mais baixos.

— Como chegou aí em cima? — pergunto e instantaneamente percebo que é uma pergunta idiota.

— Eu voei, garota — responde Jade com sarcasmo. — O que você acha? — Ela estreita os olhos. — Quer dizer que você me achou.

— Hmmm, sim. Desculpe.

— Não dá para manter um segredo por aqui, não é? Ah, a menos que você seja Miranda May, é claro. *Ela* é cheia deles.

— Por que você não me disse a verdade sobre onde mora?

Ela dá uma risada vazia.

— Ah, claro. Vou fazer isso logo de cara.

— Não estou julgando você. Acha que sou fútil assim?

— Desculpe. É que... — Ela pigarreia. — Meus pais... bem, eles se separaram. Meu pai voltou para a Itália, e ninguém o encontra. E minha mãe... ela bebe.

— Bebe? — pergunto, confusa. — Talvez ela também coma?

Jade estreita os olhos outra vez.

— Bebida alcoólica, sua idiota. Tipo, tem problema com isso. Tipo, não consegue cuidar da própria filha. Entendeu? — Ela suspira. — Suba aqui, para a gente conversar direito.

Procuro apoios de mão no tronco e encontro um ou dois ressaltos aos quais acredito que consiga me segurar.

— Está bem. Espere aí.

Eu me suspendo com surpreendente facilidade e me sento ao lado dela.

— Desculpe. — Estou começando a corar. — Sou...

— Meio burra, às vezes. Eu sei.

— Você me disse que seus pais trabalhavam em casa. Administravam seu próprio negócio.

— É, bem, eu menti, garota. — Jade parece evasiva. — Minha mãe não conseguia administrar um banho, quanto mais uma empresa. Eu não... gosto de contar para muita gente, sabe?

— Sim. Claro.

— Gosto desta árvore — diz Jade. — Posso passar horas aqui e ninguém me encontra. Bom, não é?

Sorrio.

— Todo mundo precisa do próprio espaço. — Faço uma pausa. — Então, como é viver aqui?

Ela dá de ombros.

— Nada mal. A velha Armitage é meio que um dragão, mas é justa. E você?

— Estou bem. — Dou um sorriso fraco.

Ela me cutuca.

— Está comendo direito? Parece que você está precisando de umas tortas. Não está fazendo aquela dieta idiota do tamanho zero, não é?

Enrugo o nariz.

— Não seja idiota. Só não tenho me sentido muito bem.

Ela assente, olhando para longe. Não consigo ler seu olhar.

Ficamos sentadas por alguns minutos em silêncio. Sinto-me confortável por não conversar. É quase como o verão. Ouvimos cantos suaves de pássaros e os sons fracos dos meninos jogando sinuca dentro da casa — o som das bolas se tocando, o ocasional aumento das vozes.

— Seu pai morreu, não é? — pergunta ela com delicadeza.
Eu ainda não tinha contado isso a ela. Estava esperando o momento certo. Eu perguntaria como ela sabe, mas Jade não é boba. Presta atenção em tudo, e isso não é tão difícil de descobrir. Como ela disse, não dá para manter um segredo por aqui.

— É. Ele morreu no ano passado.

— Eu gostava do programa dele.

— Obrigada.

— Você deve ter muitos em DVD, não é? Para poder vê-lo várias vezes.

— Não... não, eu não faria isso. — É engraçado que muita gente me pergunte isso. — Quer dizer, era o trabalho dele. Ele criava um personagem para a TV, sabe? Ele o usava para trabalhar. Terno elegante e todas as piadas bobas. Ele não era daquele jeito. Não em casa. Ele era... quieto, amoroso e gentil. E amava minha mãe. Amava de verdade.

Agora há um silêncio que parece embaraçoso.

— Estive em seis escolas diferentes até vir para cá — diz Jade por fim. Ela sorri para mim. — Fui expulsa de quatro, uma fechou, a outra foi queimada. E não tive nada a ver com isso — acrescenta rapidamente. — Ninguém parece saber muito bem o que fazer comigo, entende?

— Bem, você é terrível.

— É o que dizem.

— Acredito que tenham ficado felizes em vê-la pelas costas.

— É. Obrigada por isso. — Sorrimos uma para a outra; ela sabe que estou apenas implicando. — É... meio difícil fazer amigos quando se fica mudando de escola. — completa.

— Imagino.

— As pessoas não confiam em mim com facilidade — admite ela.

— Ei, eu confio em você.

— Confia? — Ela quase parece surpresa.

— Claro que sim.

Mas não o suficiente para contar a ela o que estamos fazendo, correndo atrás das sombras, e não o suficiente para falar da minha experiência perturbadora na noite passada.

Jade pula e escorrega pelo tronco até o chão.

— Venha. Quero lhe mostrar uma coisa.

Lá dentro, ela me leva até a sala de jogos, e desviamos para a sala dos fundos, onde há alguns computadores. Jade clica com o mouse e, um segundo depois, o logo do software Image-Ination aparece na tela.

Meus olhos se arregalam.

— Como conseguiu isso?

— Roubei da escola.

— Jade! — Olho ao redor, chocada, esperando que ninguém tenha ouvido.

— Relaxe! Ninguém se importa com um programa de computador besta, garota. Agora... o que acha disto?

Jade clica no site da nossa escola, encontra a foto sorridente do diretor, sr. Roseby, de pé, orgulhoso, em frente à escola. Ela abre a janela do Image-Ination, importa a imagem e brinca com as configurações por um ou dois minutos.

— O que vamos fazer? — pergunta ela. — Já sei.

Ela troca a imagem. Em vez do sr. Roseby, agora há uma foto de Jed Rock, vocalista dos JumpJets, de pé em frente à nossa escola com os braços cruzados e um sorriso enorme no rosto. Todas as sombras e a textura da imagem e tudo o mais estão perfeitos — como se ele, de fato, estivesse lá.

Não consigo evitar uma risada.

— Que legal!

— Sr. Rock. Nosso novo diretor.
— Já pensou?
Jade sorri.
— Acho que a professora Bellini sairia com ele.
— É. — Afasto o olhar, pigarreio e penso que talvez eu não devesse falar da professora Bellini na frente de Jade. Posso acabar falando o que não devo.
Ela não parece perceber.
— Venha — diz ela. — Vamos mexer em outros sites.

## HOTEL SEAVIEW: QUARTA 17:12

Um vento frio castiga a Esplanada enquanto ando de skate. A superfície é boa, sem muitos ressaltos ou buracos, por isso o passeio é suave. Em frente ao Hotel Seaview, eu paro, chuto o skate para cima e o pego para atravessar a rua.

Não consigo evitar a sensação de estar sendo observada.

Olhando para os dois lados da Esplanada, vejo algumas pessoas — famílias, crianças, aposentados —, todas fazendo suas coisas, mas sem prestar atenção em mim. O mar está batendo na praia, frio e hostil, e há cheiro de maresia no ar hoje, junto com o cheiro estragado das algas.

Pego o passe especial que a professora Bellini me deu — fino, preto fosco, do tamanho de um cartão de banco — e enfio na leitora, uma pequena caixa branca mais ou menos na altura da cintura. A luz na caixa branca passa de vermelha para verde, ouve-se um bipe, e a porta se abre.

Entro rapidamente, e a porta se fecha atrás de mim enquanto entro pelo saguão empoeirado e cheio de teias de aranha, desço as escadas antigas, entro no estacionamento subterrâneo e no Datacore. Todos estão lá, menos a professora Bellini.

— Está atrasada — diz Cal de seu computador, levantando o olhar enquanto meus pés ressoam na escada de metal. Ela parece tensa.

Jogo o skate sobre a mesa.

— Desculpe. Tive treino de rounders.

— Hoje é quarta — diz Cal, parando com o copo plástico de café a meio caminho dos lábios. — O treino de rounders é terça.

Fixo os olhos nela com raiva.

— Treino extra. Estou animada.

Por que estou mentindo? Não sei. Algo relacionado a gostar de Jade, acho, e a tentar proteger minha vida "normal" com a minha amiga. A não querer nem que eles saibam, para não implicarem.

— Você pode tirar *isso* daí? — pergunta Cal, apontando para o meu skate.

— Preciso estacionar meu meio de transporte em algum lugar.

— Sim, claro, mas não na mesa, por favor. Isto aqui não é uma pequena cafeteria barata à beira-mar para Mundanos, sabe?

— Descuuuuulpe — digo, sentando na cadeira mais próxima e pondo o skate embaixo dela.

Josh está de pé ao lado do mapa iluminado de Firecroft Bay, com um bloco de notas na mão. Ele me lança um sorriso.

— Obrigado por se unir a nós.

— Tudo bem — diz Cal, balançando o cabelo. — Atualizações. Equipe?

— Isolei aquele terminal do computador 13 — diz Ollie em seu assento — e cruzei os dados com os dados de usuário.

— Ele ergue uma fileira de impressões que caem no chão como um enorme rolo de papel higiênico. — Querem a versão resumida ou a versão longa?

Cal ergue a mão.

— A brevidade é uma virtude.

— Como?

— Curto e grosso, Ollie. O mínimo de papo geek.

Lyssa solta um risinho.

— Ela quer dizer que quer ouvir tudo em inglês!

— Aquele computador estava sendo usado por uma ID prontamente identificável no log — diz Ollie. Ele aperta um botão no teclado, e um rosto aparece no monitor, bem destacado em preto e branco.

Dou um pulo. Reconheço o rosto de imediato.

— Então era o computador de Jade — comento, confusa.

Isso é perturbador. Acabei de conversar com ela, e agora aqui estamos, olhando para sua foto como se a estivéssemos espionando.

Josh acena para mim com um lápis.

— Muito bom, Miranda. Você está esperta.

Ignorando-o, olho para a tela. Parece a foto oficial de Jade na escola, com o registro da data em que ela chegou.

— Onde você conseguiu isso? — pergunto a Ollie.

— Registros das autoridades locais. Estamos todos marcados, arquivados e indexados hoje em dia, sabe? Em caso de algum de nós acabar ficando, você sabe, meio doido.

Franzo a sobrancelha.

— Bela ideia. O pessoal das Liberdades Civis sabe disso?

— Eles não sabem nada de *nada* — diz Cal, com desdém. Ela se senta, mordiscando a ponta da caneta. — Bem. Precisamos pensar nisso tudo. — Ela aponta de repente para mim. — Jade estava no ônibus? Naquela primeira manhã?

— Errr... — penso muito, tentando me lembrar. — Não tenho certeza.

Lyssa fecha os olhos, como se tentasse ver a cena.

— Não, acho que não.

— Ela não estava — diz Josh com calma. — Eu me lembraria.

Não consigo evitar de pensar que há algo errado nessa conversa. Ela parece ensaiada, como se estivesse sendo feita para o meu bem.

— Ela definitivamente estava na sala de informática quando tudo aconteceu — diz Ollie.

Por um instante, silêncio.

— Essas oscilações de energia — diz Lyssa. — Assunto interessante.

— Então... vamos vigiá-la — diz Josh. — Ollie é o especialista em vigilância. Por que você não fica com ele, Miranda? Pode aprender algumas coisinhas.

Ollie e eu nos entreolhamos.

— Não estou muito feliz com isso — digo, insegura. — Ela é minha amiga.

Parece que o mundo está se inclinando. Onde está, de fato, a minha lealdade?

Ninguém diz nada. Quatro pares de olhos estão fixados em mim.

Dou de ombros, impotente. Ainda sou a garota nova, e parece que tenho que fazer o que me mandam. Por enquanto.

## PÍER: QUINTA 15:43

— Ela não se move há vinte e sete minutos.

Repouso a xícara de chá.

— O quê?

Ollie e eu estamos conversando sobre futilidades, sobre jogos de computador, TV e livros, aqui na Cafeteria do Píer — e fico surpresa quando ele me traz de volta ao trabalho.

Ele gira o celular para eu vê-lo.

— Jade Verdicchio — diz ele. — Devemos vigiá-la. Lembra?

— Ah, sim. Isso.

Olho desconfortável para a tela do celular, que mostra uma imagem granulada de Jade em um banco no fim do píer, mordiscando um algodão-doce fofinho cor-de-rosa. Ela está literalmente virando a esquina de onde estamos — além das lojas cafonas e dos carrinhos de batida —, mas não a estamos observando diretamente.

— Ollie, como você está *fazendo* isso?

— Estou apenas invadindo a CCTV local — responde ele. — É fácil quando a gente tem alguns códigos de hackeamento.

— E *como* exatamente você consegue esses códigos?

— Ah, você ficaria surpresa com o que os garotos do segundo grau trocam pelos cards dourados mais raros de StarBreaker. Aqueles com a marca-d'água de edição limitada, com a garota preferida deles, Angelica Dupree, no papel de Comandante do Espaço Nikki Tempest.

Sorrio.

— Ah, você acha que, como eu não sou geek, vou ficar confusa com tudo isso. Mas sei o suficiente sobre StarBreaker; portanto, os cards dourados com a marca-d'água de edição limitada com a Comandante do Espaço Nikki Qualquer Coisa...

— Tempest.

— Não importa... eles nunca foram *feitos* de verdade, não é? Ou, pelo menos, foi feito apenas um, que está em um cubo lacrado de vidro, em um cofre numa famosa loja de quadrinhos de Nova York. Estou certa?

Ollie sorri.

— Eles não sabem disso.

Gosto de conversar com Ollie. Ele é o mais normal dos Esquisitos — desculpe, dos meus novos amigos. Ele não é furtivo e ameaçador, como Cal, nem um supercérebro de robô, como Lyssa, nem legal e superior, como Josh. É apenas um nerd muito inteligente com uma memória fantástica.

— Então, o que *exatamente* você dá a esses alunos do segundo grau?

— Bem, são cards da Comandante Nikki Tempest, sem dúvida. Só que... não têm a marca-d'água. Está bem, está bem. Têm uma marca-d'água falsificada. — Ele se recosta na cadeira enquanto finjo estar chocada. — Pense bem, Miranda. É muito fácil enganar esses caras. Sério.

Ele olha rapidamente para o telefone.

— Ainda não se mexeu — diz com um suspiro e dá um gole na Coca. — Onde sua mãe acha que você está hoje à noite?

— Clube de Filosofia.

— Está *brincando*. Ela acha que a King Eddie tem um Clube de *Filosofia*?

— Sério! Minha mãe acha que faço parte do Clube de Francês, do Clube de Xadrez, do Clube de Astronomia... Estou ficando sem ideias para clubes! — Tomo um gole reconfortante de chá. — Preciso ir para casa e ler algo para parecer convincente.

— *Cogito ergo sum* — entoa Ollie.

— Se você está dizendo. — Sorrio. — Então, o que trouxe você para cá, Ollie?

Ele sorri, não parecendo que não quer responder, exatamente, mas sem me olhar nos olhos.

— Ah, você sabe... umas coisinhas.

Balanço a cabeça.

— O quê?

Ele dá de ombros.

— Eu me mudei pra cá há três anos. Eu, minha mãe e meu pai. Família perfeitamente normal. Exceto pelo fato de que minha irmã mais velha tinha desaparecido.

Fico chocada.

— Ollie, sinto muito! A polícia está acompanhando o caso?

— Ah, a polícia fez o que pôde. Mas, quando eu digo que Bex desapareceu, quer dizer que ela *literalmente* desapareceu. Não estou dizendo que ela sumiu ao voltar da escola, da Guides ou coisa parecida. Estou dizendo que ela desapareceu da existência.

Há uma nova feição no rosto dele, uma que eu ainda não tinha visto. Ele está tentando controlar, mas percebo tristeza ali.

— Como?

— Era Noite das Fogueiras. Eu tinha uns nove anos. Ela, onze. Eu estava em pé de um lado da fogueira da vila, queimando, quente, vendo o quão perto podia chegar com um marshmallow no palito.

— Que inteligente!

— É. Levantei a cabeça e vi Bex, do outro lado da fogueira, parcialmente escondida pela fumaça. E então... — Ollie sacode a cabeça. — Revi essa cena milhares de vezes na minha cabeça, e ainda assim não parece real.

— Continue — digo com gentileza.

— Miranda, eu juro que vi Bex *desaparecer*. Um segundo ela estava ali, no outro havia sumido. Como se alguém tivesse apertado um interruptor e a desligado. Pop!

Somos os únicos clientes na cafeteria. Está quieto, a não ser pelo garoto que serve café atrás do balcão, batucando os dedos na gaveta.

— Claro que eu tentei contar aos meus pais e à polícia, mas esse não é o tipo de história fácil de acreditar. Garoto de nove anos de idade, joga muito videogame, lê muitos livros, imaginação superativa... Você pode imaginar o que eles pensaram. Adultos típicos. Tão literais. — Ele me olha nos olhos. — Ela não foi *sequestrada*, Miranda. Não como eles disseram. Numa noite de novembro, no meio de um campo lotado de gente, a vila toda ali? Crianças em bicicletas por toda parte, adolescentes curtindo perto dos portões? *Alguém* teria visto. Não tinha jeito de alguém ter tirado uma garota de onze anos dali.

Faço que sim com a cabeça.

— Todos nós conhecemos o treinamento contra o Perigo da Aproximação de Estranhos.

— Sim, e eu conheço Bex. Ela teria cuspido, xingado, chutado. Ela teria gritado: "*Esse não é meu pai*", do jeito que aprendemos. — Ele termina a Coca. — Não. Algo aconteceu naquela noite. Algo que a ciência comum não consegue explicar.

— Sinto muito.

— E aí nós viemos pra cá. Um novo começo. Essas coisas. Mas tive a sensação de que havia algo de especial neste lugar no instante em que chegamos. Comecei a frequentar a escola, e tudo estava normal, até que a srta. Bellini apareceu no semestre passado. Um dia, no almoço, quando eu a estava ajudando a consertar um erro num disco rígido, tudo veio à tona. Bex, a fogueira, tudo. E sabe, Miranda? *Ela acreditou em mim.* — Ollie se recosta na cadeira, balançando a cabeça, inflando as bochechas. — Faz eu... quando penso em tudo... eu só queria... sabe? Ela foi a primeira adulta a acreditar em mim. A me ouvir e de fato achar que eu não estava inventando.

— Ela fez alguma coisa?

— Não diretamente. Mas ela disse que sabia que coisas assim aconteciam. Foi aí que tudo começou a virar uma bola de neve. E eu conheci Cal e Josh. E Lyssa veio depois. As coisas que fazemos, Miranda, as coisas que investigamos, eu meio que espero que haja uma resposta escondida por aí sobre Bex.

— Também espero — digo baixinho.

— E você? Quem você perdeu?

Assustada, sinto meu coração parar por um instante. Estou prestes a dizer algo quando ele olha para o celular e sua expressão é de choque. Ele dá um pulo, fica de pé e pega o casaco.

— Venha!

Não tenho tempo para ver o que ele viu, mas corro para fora da cafeteria, seguindo-o pelo píer, nossos pés batendo na madeira, até que estamos no fim, no ponto mais longe que se pode ir de Firecroft Bay sem entrar na água. Jade está no patamar mais baixo da barreira. Paramos de repente, e ela se vira para nos olhar.

Ollie sussurra:

— Parecia que ela estava prestes a...

— O quê? — pergunta Jade de repente, descendo num pulo. — Que eu ia me jogar de lá? Foi isso que vocês pensaram? Oi, Miranda. Bom saber que você vinha ao píer. Eu podia ter vindo com você.

Olho para baixo, corando.

— É que... quer dizer... não é...

— Aposto que não. — A voz dela está fria e dura. — Oi, Garoto Esquisito — diz ela para Ollie.

— Meu nome é Ollie.

— Claro. Se importa se eu continuar chamando você de Garoto Esquisito? Ajuda na minha concentração. O que vocês têm, Esquisitos? Falem logo. O que vocês têm?

— Têm? — pergunto.

— É. Está na cara que hoje é Dia de Vamos Investigar a Garota Cigana. Então, o que vocês descobriram? — Ela vem na nossa direção, os braços cruzados, mastigando ostensivamente, os brincos brilhando ao sol. — Sim, minha avó era uma cigana. Sim, meu pai é um desempregado que não consegue deixar a nova namorada na Itália e visitar a própria filha. E, sim, o melhor amigo da minha mãe se chama Gordon's Gin, e alguns dias ela mal consegue lembrar o próprio nome. E ninguém quer me adotar porque, aparentemente, sou muito "difícil". Está bom para vocês?

— Vem, vamos embora — digo a Ollie.

Ela me olha com raiva.

— O que você *quer*? Esqueça a nossa amizade.

— Ela é perfeitamente normal — diz Ollie, desapontado, monitorando leituras no celular. — Uma Mundana sem graça. Não há nem sinal de qualquer atividade incomum perto dela. E, ainda assim, era *ela* quem estava usando o terminal do computador 13.

Eu a encaro.

— Sinto muito, Jade — digo. — Por favor, Ollie, vamos deixá-la em paz.

Jade joga o palito do algodão-doce no mar e nos olha com raiva.

— Eles deixam vocês saírem de dia? — resmunga ela. — Sério, vocês todos são mentalistas ou o quê...? "Mundana sem graça"... tipo, e *vocês*?

— Estamos perdendo tempo aqui, Miranda — diz Ollie. Ele faz um gesto com a cabeça para Jade. — Desculpe por termos atrapalhado você. Não vamos perturbá-la de novo.

— Não — diz Jade com frieza. — Não vão. — E sai de jeito arrogante em direção aos fliperamas, sem olhar para mim.

Percebo que Ollie assumiu o controle. Partimos somente quando *ele* está pronto para isso.

Voltamos descendo o píer, passando pelo barulho, pelas multidões e pelos aromas açucarados. Passamos por um casal tatuado em uma briga furiosa. Uma mulher arrasta uma criança pequena que grita, e o sorvete da criança pinga nas tábuas de madeira.

Estou em silêncio, me odiando.

— Bem, não é ela — diz Ollie. — Talvez, quem quer que esteja fazendo tudo isso consiga se mascarar de alguma forma. Esconder de nós. Mas não, não é ela, não é o computador 13. Óbvio demais. — Ele para e dá de ombros. — Sinto muito por ter desperdiçado sua tarde. E sinto muito por... — Ele faz um sinal com a cabeça para trás. — Você sabe.

Apesar de tudo, consigo sorrir.

— Não foi um desperdício. Foi muito informativo para mim, Ollie.

— Acho que todos nós precisamos nos reunir no sábado. A srta. Bellini tem falado de um livro que quer nos mostrar. Parece que ela precisa pegar em Londres. Na Biblioteca Britânica.

Chegamos à parte do píer que dá na praia. Afasto os cabelos dos olhos.

— Não se pode simplesmente *tirar* coisas da Biblioteca Britânica. Pode?

Ollie sorri.

— A srta. Bellini pode fazer qualquer coisa. — Ele me faz uma saudação. — A gente se vê. E obrigado pelo papo. Foi... bem, você sabe.

Faço que sim com a cabeça e aceno de volta enquanto ele se afasta. Observo ele desaparecer na orla, esperando seus cabelos louros quase brancos sumirem na multidão, e vou para casa.

## CAPÍTULO 10
# Pedra

**VELHA CASA DO VIGÁRIO: QUINTA 23:39**

Procurei no dicionário a palavra *nightmare*.*
Não tem nada a ver com uma égua [mare] ou uma jumenta. Vem do inglês antigo *maere*, que significa um duende ou espírito maligno, e está ligada a um verbo que significa "destruir, ferir ou esmagar". Em algumas versões que encontrei, o espírito é especificamente feminino. A *maere* se sentava no seu peito e fazia você sentir que estava sendo sufocado. Não é legal.

E, outro dia, encontrei uma imagem, num livro de arte na biblioteca, feita por um cara chamado Fuseli. Ela mostra uma mulher de branco, tipo uma donzela em perigo, esparramada na cama usando uma camisola longa. A cabeça dela está pendurada na borda. Parece bem desconfortável. E a pequena coisa-duende-troll está sentada no estômago dela com uma expressão horrível no rosto. Senti arrepios.

---

* *Pesadelo* em inglês. (N. T.)

Tive que fechar o livro com toda a força. Todo mundo na biblioteca levantou o olhar, e a srta. Challis me espiou por cima dos óculos.

Mas estou acordada agora, quando meu celular toca.

Por sorte, está no silencioso, mas eu o vejo piscando, as vibrações quase fazendo ele cair da mesa de cabeceira. Verifico o identificador de chamadas. É Josh. Por que ele está me ligando tão tarde? Não faz sentido.

— *O quê?*

— Bem, isso não foi muito simpático, Miranda. Não está feliz de ouvir minha voz?

— Josh, é quase meia-noite. A maioria das pessoas normais está na cama. O que você *quer*?

— Quero que você vista uma roupa quentinha e pule pela janela.

— Como?

Finjo estar chateada com ele, mas meu coração está disparado de ansiedade. Coisas assim nunca aconteciam comigo. A hora de dormir era a hora de dormir. A adrenalina de uma aventura à meia-noite é boa demais para resistir.

— Bem, deve ser fácil. A cobertura da varanda debaixo da sua janela tem uma inclinação bem suave em direção ao caminho de entrada.

Corro desajeitada até as cortinas e espio pela fresta. Posso vê-lo lá fora além dos portões, sob o poste de luz. Ele faz uma saudação engraçadinha.

— Que diabos você está fazendo do lado de fora da minha casa?

— Traga uma lanterna.

— Eu não vou sair.

Mas não consigo convencer nem a mim mesma, quanto mais a ele, e, de qualquer maneira, estou sorrindo ao falar.

Dois minutos depois, estou me debatendo para descer da cobertura da varanda usando jeans preto, botas, casaco e boné, e me sentindo uma ladra.

Hesito na borda da calha por um ou dois segundos. O ar frio noturno está cortante. Nuvens passam em frente à lua, por isso a luz parece se mover no jardim como uma coisa viva. Pulo.

Eu me lembro de flexionar as pernas, e o pouso é surpreendentemente tranquilo. O que mais me preocupa é o barulho das minhas botas DM no cascalho quando pouso.

Olho para cima, para a janela do quarto da minha mãe. Há uma suave luz alaranjada acesa. Ela ainda está acordada, trabalhando.

Só espero que ela não decida ir ao meu quarto.

## ABADIA: SEXTA 00:01

— Acabou de dar meia-noite — digo, olhando para Josh. Ele está agachado perto das grandes portas de carvalho da Abadia, fazendo algo com uma chave de fenda. — É oficialmente sexta-feira.

— Precisa do seu sono reparador, Miranda? Pode voltar para casa. Você parece meio cansada.

— É, é o que todo mundo fica me dizendo. Estou bem. Olhe, por que não chamamos os outros? Cal poderia abrir essa porta em um segundo com aquela... coisa no celular.

— Não poderia. Ollie hackeou o sistema de segurança da escola, e esta fechadura é vitoriana. É simples, mas eficaz. — Ele levanta a cabeça para mim. — E me pediram para vir dar uma olhada aqui sozinho. Só que pensei em trazer você comigo.

— Por quê? Do que se trata?

— Vou lhe dizer em um minuto — responde ele, concentrando-se na porta.

— Bem, ande logo! Está frio! E se um carro da polícia aparecer... — Puxei o boné de veludo cotelê o mais baixo que consegui, tentando esconder o rosto.

Josh dá um risinho.

— Você se preocupa demais, Miranda. Esta cidade não tem toque de recolher, sabia?

— Eu devia estar na cama, tendo sonhos agradáveis. — Estremeço. — Ollie e eu seguimos Jade até o píer depois da aula, ele contou a você? Ele descobriu que ela não tem nada a ver com tudo isso.

— É, eu sei. Fique quieta, estou trabalhando.

Faço uma careta para ele. A fechadura faz um clique. Ele empurra a porta da abadia, que se abre com um leve rangido.

— As portas do Senhor estão abertas para todos — diz ele com uma satisfação tranquila, estendendo as mãos. — Mesmo que, às vezes, você precise arrombar para entrar.

— Isso é contra a *lei*, sabe?

— Ah, dê um tempo. — Ele faz um sinal de tagarelar com a mão, mas felizmente não vê o sinal que faço em retribuição. — Miranda existe um motivo para você ter apenas uma boca, mas duas orelhas.

— É, claro, minha boca não é tão grande quanto a sua. E não costuma falar bobagens.

Lá dentro, fechamos a porta de madeira atrás de nós. A abadia não é acolhedora. É ampla, cavernosa e fria. Há algo que me faz sentir por dentro um frio de encolher, como se eu tivesse sido engolida por um cubo de gelo.

Algumas velas tremulam nas alcovas, sem oferecer muita luz, mas desenhando sombras instáveis na nave. Há um aroma de madeira encerada e séculos de uso.

— Vamos lá — digo. — Por que estamos aqui?

— Sinais. Estranhas... flutuações na Convergência. Ollie e Lyssa captaram alguns sinais de energia triangulada na abadia. Há alguns dias eu digo que vou verificar.

— Que tipo de *sinais*?

— Piroelétricos. Eletricidade liberada como resultado de aumentos e diminuições rápidas na temperatura.

Sinto ainda mais frio quando ele diz isso. Sem dúvida, há alguma coisa se ligando, se conectando na minha mente aqui. Calor e frio. Eletricidade e troca de energia. Eu devia prestar mais atenção às aulas de ciências.

Ele caminha pela nave e aponta a lanterna ao acaso.

— Sabe — diz ele —, alguns anos atrás, cientistas americanos fizeram uma coisa muito legal. Um experimento. Eles exibiram para doze voluntários um videoclipe do YouTube com um jogo de basquete, pedindo que assistissem com atenção e contassem o número de passes feito por cada time.

— Isso vai ficar interessante e relevante? — pergunto, correndo atrás dele.

— Vai. Cale a boca. Agora, o interessante é o seguinte. Em certo momento, um homem fantasiado de gorila entra na quadra de basquete.

— Um homem *o quê*?

— Fantasiado de *gorila* — repete Josh com firmeza.

Andamos pela nave, iluminando os cantos mais escuros com nossas lanternas.

— Ele passava devagar entre os jogadores. Ficou totalmente visível na câmera por, pelo menos, trinta segundos. *Nenhum* dos espectadores comentou sobre o gorila. — Ele respira fundo. — Quando os pesquisadores exibiram o clipe de novo em câmera lenta e mostraram o que não tinham visto, eles não acreditaram. Muitos deles se recusaram a acreditar que era o mesmo clipe.

— E era?

— Era.

— Por que uma fantasia de gorila? — pergunto, sussurrando.

— Não precisa ser uma fantasia de gorila! — sibila ele. — A ideia é que era algo esquisito, incoerente. E ninguém percebeu, porque eles *estavam procurando a coisa errada*. Isso se chama *cegueira por desatenção*. É assim o que acontece com os Mundanos. Eles não percebem as coisas. Mas nós percebemos porque sabemos.

Ele ergue uma das mãos, e paramos.

— O que foi?

— Achei que tinha ouvido alguma coisa. — Ele dá de ombros. — Talvez não.

— E o que estamos procurando?

— Este lugar está aqui há mais ou menos seiscentos anos, Miranda, e quase não mudou. Firecroft Bay era uma pequena vila portuária quando a abadia foi construída. E isso a torna o local perfeito.

— Para quê?

— Ecos. Do passado, do presente. Lugares como este são pontos fundamentais na Convergência. — Ele olha para cima em direção a uma parede ornamentada entre dois pequenos altares laterais e aponta para um pequeno lampião pendurado. Parece ter uma vela dentro, com uma chama azul. — Diga: o que aquilo está fazendo ali?

Franzo a sobrancelha.

— Não sei. Normalmente a gente não vê essas coisas numa igreja. Como pode ser azul?

— Algum tipo de componente de cobre, espero.

— Ah, química. A boa e velha professora Bellini — digo com um sorriso sarcástico.

Ele para sob o lampião.

— Uma luz fantasma — diz baixinho.

— Luz fantasma?

— É. Eles colocavam isso nos teatros quando todas as outras luzes estavam apagadas. As pessoas achavam que afastava os espíritos malignos. Evidentemente, alguns dizem que só serviam para impedir a última pessoa a sair de tropeçar e cair de cabeça no fosso da orquestra.

— Parece mais provável.

Ele franze a testa.

— Mas nunca vi uma dessas em terreno sagrado. Isso é estranho.

— Agora você está exibindo seus conhecimentos.

— Na verdade, não. — Ele caminha até a luz fantasma, se abaixa sob ela e olha para cima. — Ele vem em partes. Já me disseram muitas vezes que tenho uma memória fotográfica. Mas não é como a de Lyssa. A minha é, bem, fotografia amadora. Muitas festas de aniversário borradas, todas fora de foco, pessoas com cabeças e pés cortados. Seis meses perdidos quando eu tinha oito anos, porque me esqueci de tirar a capa da lente.

— Muito engraçadinho.

Enquanto Josh está avaliando a luz fantasma, ando até uma pequena fileira de velas tremeluzentes. Acendo uma, colocando uma moeda na caixa.

— Época especial do ano? — pergunta ele, surpreendentemente suave.

— Meu pai. Está... quase fazendo um ano. — Eu me sento no banco mais próximo.

— Ah.

— Eu costumava ir à igreja quando era pequena, quando não sabia que tinha escolha. Balançava as pernas e não parava quieta, só pensando nas batatas assadas, no frango e no molho marrom espesso que sempre nos esperavam em casa. Meu pai cozinhava. Ele não ia à igreja. Dizia que gostava que Deus fosse algo pessoal.

Josh está ouvindo.

— Logo depois que aconteceu, o reverendo Watson, nosso pároco, me disse para não ter raiva de Deus, sabe? Eu nunca teria pensado nisso, se ele não tivesse falado.

Percebendo que estou tremendo um pouco, puxo a jaqueta ao meu redor. A abadia parece ter esfriado, e as sombras entre os pilares e bancos estão ficando mais escuras e compridas. Sinto-me perdida e sozinha neste grande prédio de pedra sombrio. Parece que faz muito, muito tempo que fui pequena.

Josh se aproxima e se agacha ao meu lado, na ponta do banco. Por um momento, há silêncio. Ouvimos o que parece ser um pombo voando bem alto, no teto. Então, ele me pergunta algo que pareceria estranho para qualquer outra pessoa.

— Você costuma *vê-lo*?

Penso bastante e por muito tempo antes de responder.

— Bem — digo com cuidado. — Sou, tipo, maluca de lhe contar, mas... teve uma vez, pouco antes do Natal, em Londres. Eu estava olhando vitrines na Oxford Street. Estava começando a escurecer. Achei que vi... um reflexo.

Josh assente. Não há traço de descrença ou deboche em seus olhos.

— Continue — diz ele.

— Bem, houve uma brecha na multidão por um segundo. Tive certeza de ter visto... — Balanço a cabeça. — Não era ele.

— Franzo a testa e olho para cima de repente. — Sou só eu ou está ficando...?

A abadia parece não apenas ter ficado mais fria, mas também mais escura. Olho para o púlpito esculpido, a Virgem Maria pintada, e me pergunto por que tudo isso me faz sentir desconfortável.

Josh volta para a luz fantasma e encara a nave.

— *Miranda!*

Chocada com o tom de alerta em sua voz, dou um pulo e corro até Josh.

— Você notou algo estranho? — pergunta ele baixinho.

— Além do frio? Na verdade, não. É um prédio velho. O vento deve entrar o tempo todo. Pelas rachaduras.

Mas estou mentindo. É mais do que apenas o frio. Sinto uma vibração dentro de mim. Parece um pouco... sobrenatural.

Josh aponta para as enormes portas de carvalho na frente da igreja.

— Havia duas velas acesas perto da porta quando entramos.

Percebo o que ele está dizendo. Toda aquela parte da nave agora está na escuridão. E, enquanto olhamos, as velas começam a tremeluzir.

Depois, uma a uma, começam a apagar.

Agarro a manga de Josh.

— Você está fazendo isso? Diga que é você quem está fazendo isso.

— Não estou fazendo isso.

Era como se dedos invisíveis estivessem apertando os pavios.

*Pop. Pop. Pop.*

A última é a luz fantasma. As trevas se espalham como uma mancha pela abadia.

Sem dizer nada, ligamos nossas lanternas na força máxima.

— Você está bem, Miranda?

— Estou — consigo responder.

Os arcos na parte mais alta da abadia começam a escurecer. Há um som de vento — não, não é como vento, é mais como um murmúrio baixo, como se muitas vozes estivessem sussurrando com urgência umas para as outras.

Então, no espaço que ecoa, a cantoria começa.

## CAPÍTULO 11
## Inimigos

**ABADIA: SEXTA 00:21**

Um anel de rosas.
    É a voz de uma menina pequena — trêmula, mas clara. Estou tremendo de pânico, porque conheço a música e conheço a voz, embora nunca tenha ouvido nada parecido. O som é velho e novo, jovem e antigo, claro e, de alguma forma, rachado como pedra velha.
    O mais aterrorizante de tudo é que a voz vem na minha direção. Está cantando como se me conhecesse. A rima ecoa pela abadia, preenchendo o espaço, reverberando nas paredes.
    Olho para Josh. Ele também ouviu.
    Mas ele não está com medo. Parece totalmente fascinado e está apontando o celular para cima — registrando tudo, acho. Fico feliz que ele tenha essa presença de espírito, porque eu não tenho.
    — Hora de sair daqui? — sugere Josh, me olhando com intensidade.
    A voz agora está distorcida, parecendo esmagada e metálica, como se tivesse passado por um equalizador.

Tento mexer as pernas, sair em disparada, mas, por algum motivo, meu corpo não obedece ao cérebro. Meus pés estão colados no chão.

— Venha, venha! — diz Josh.

Olho para ele em desespero e percebo que ele também está enraizado no mesmo ponto.

— Bloqueie! — diz ele de repente, pondo as mãos sobre os ouvidos.

Faço o mesmo, abafando os sons da cantoria. Por fim, meu pé direito se descola do chão, e eu o arrasto, como se fosse chumbo. É como um daqueles sonhos em que você está correndo, mas não consegue escapar.

*Concentre-se.*

A vida volta à minha perna direita, depois à esquerda.

Olho de relance para Josh. Ele faz que sim com a cabeça. Damos as mãos um ao outro e passamos correndo em velocidade total pelas portas de carvalho.

A voz cantante parece nos perseguir, ganhando força como um grande maremoto de som.

Paramos de repente.

O caminho até a porta está bloqueado. *Algo apareceu.*

No começo, está apenas meio visível, meio sem forma. Uma coluna oscilante de luz acinzentada, piscando nas trevas, como uma vela fantasmagórica. Então, com uma lufada de ar gelado e um aroma maligno semelhante a carne podre, o borrão oscilante se transforma em algo mais sólido. Um rosto amarelo ressecado, retorcido como uma casca de árvore e coberto de pústulas. Um corpo encurvado envolto em um roupão escuro e cabelos longos e escuros.

A Forma. Mas mais do que isso, agora.

A primeira coisa que penso em dizer é:

— Você também está vendo?

— Ah, sim — responde Josh baixinho, quase preocupado. Ele não sabe como isso é importante para mim. Agora, alguém mais está vendo minha Forma.

A Forma parece sibilar e acenar um dos braços.

Pulo para trás, mas Josh está tirando uma foto atrás da outra com o celular.

— Alguma ideia? — murmura ele.

E é aí que tenho um pensamento idiota.

— Sim. Só uma.

— Vá em frente.

Alcanço o banco mais próximo e puxo uma Bíblia de couro, incrustada com uma cruz em ouro.

— Você só pode estar brincando — diz Josh. — Você viu muitos desses filmes ruins de vampiros.

— Não é a cruz. É o que ela representa. A fé impõe uma barreira protetora.

— Acho que não vai funcionar. Você acredita nisso?

— Bem, não tenho certeza. Vamos descobrir.

Preciso enfrentar essa coisa, preciso fazer algo. Contei aos outros a maior parte do que eu sei, mas ainda sou aquela que percebe o terror, aquela que o vê em sonhos.

Levanto o livro como um escudo e balanço de um lado para o outro.

A Forma pulsa, mas não desaparece.

— Jogue — diz Josh.

— O quê?

— Jogue!

E ele puxa a Bíblia da minha mão e a joga na luz acinzentada oscilante.

O livro crepita com a energia quando atinge o corpo e para, girando no ar, por um segundo. Depois, com o apoio de um vento gelado, ele começa a se rasgar, camada por camada. Primeiro, a capa de couro é rasgada da encadernação, se encolhe e cai no chão como uma folha murcha. Conforme uma página atrás da outra se rasga, a Bíblia se torna amarelo vivo e se transforma em pó. Há um odor pungente de couro queimado e um cheiro úmido de papel podre. Por um segundo, a Forma parece se dobrar em si mesma, como se estivesse se contorcendo de dor.

Josh e eu nos fitamos atônitos por um segundo, depois aproveitamos a oportunidade e corremos pelas portas principais.

Josh se joga contra elas, abrindo-as com um empurrão, e, assim que estamos no ar noturno de novo, ele as fecha com força.

Os sons da abadia são subitamente cortados, como se alguém tivesse desligado tudo.

E continuamos a correr.

Não paramos até chegarmos à Esplanada, nos inclinando sobre a balaustrada, ofegando. Do outro lado, o mar ruge.

Atrás de nós, os sons da vida noturna morrendo — algumas motos saindo, pessoas sendo expulsas de bares, um rádio tocando em algum lugar. Dois jovens bêbados e sorridentes passam cambaleando por nós e não nos olham duas vezes.

Tenho toda a língua inglesa — ou, pelo menos, o que conheço dela — para expressar o que acabamos de ver. A língua de Shakespeare e de um milhão de outros escritores.

Mas tudo o que consigo dizer nesta ocasião é:

— *Merda.*

Josh me dá um tapinha no ombro.

— Miranda. Disse tudo. — Rindo, ele pega o celular para dar uma olhada nas imagens.

— O que ela fez? — ofego, ainda tentando voltar a respirar. — Com a Bíblia?

Ele dá de ombros.

— Algum tipo de descarga molecular, imagino. Interagindo com o mundo físico e liberando entropia concentrada.

— Ah, que ótimo. Que tal traduzir isso? — Percebo que ele está encarando a tela do celular, e não está me ouvindo. — O que foi?

Josh me mostra. A tela está vazia.

— Nada. A memória toda... foi apagada.

## ESCOLA SECUNDÁRIA KING EDWARD VI: SEXTA 12:10

A escola está fervilhando com a comoção normal da hora do almoço: pisadas fortes, gritos e vaias, barulho de louça e cadeiras e mesas arrastadas. Tudo isso ecoa na minha cabeça.

Estou exausta por causa da noite anterior e sentindo que, sem dúvida, estou ficando doente, mas tento superar tudo, fingir que não existe.

Jade está sendo legal comigo. É quase como se o incidente no píer não tivesse acontecido.

Não entendo nem mereço isso. Eu deveria ser grata, mas no momento não posso me dedicar aos problemas dela.

— Então, é o seguinte — diz Jade, tagarelando enquanto descemos as escadas. — Ryan Crofts, do nono ano, meio que disse que quer sair comigo. Agora, devo sair com ele porque ele *diz* que quer sair comigo, ou isso é meio, tipo, patético? Quer dizer, vou parecer meio carente, não é...? Quer dizer, Ryan Crofts é bonitinho, mas ele é meio, bem, orgulhoso. — Ela para de repente, e outros alunos quase a atropelam. Alguns murmuram "cigana" para ela enquanto passam empurrando, mas, pela primeira vez, ela os ignora. — Garota, você ouviu alguma coisa do que eu disse?

— Não. Desculpe. Não mesmo.

Não posso ficar me enganando. Não consegui me concentrar o dia todo. Sei que meu trabalho está uma droga. Talvez eu esteja ficando resfriada.

Jade está me olhando.

— Ou os Esquisitos estão usando muita base pálida esta semana ou você precisa se deitar, amiga.

— Hmmmm... é. — Recosto nos armários, me sentindo tonta.

Sinto o braço de Jade me pegar antes que eu escorregue.

— Venha — diz ela. — Você precisa ir à secretaria.

Vou até a secretaria, e me mandam para casa. A professora Bellini dá a ordem. E, agora que estou aqui, me arrasto até a cama. Neste momento, meu relógio marca 12:54.

Essa coisa — esse dom, esse poder, o que quer que seja — parece estar roubando minha energia. É como se eu tivesse acabado de me conectar a algo e ainda estou estabilizando minhas configurações.

**VELHA CASA DO VIGÁRIO: SEXTA 16:17**

Acordo me sentindo melhor. Minha mãe, ainda convencida de que tenho apenas um resfriado, me trouxe chá de limão quentinho.

Saio para o patamar. Minha mãe acabou de pôr Trufa para tirar o cochilo da tarde, e eu o ouço arfar e ressonar feliz no quarto dele. Vou até lá e dou uma olhada. Mãos pequenas na cabeça, rostinho rosado macio, quentinho e contente. Ele sabe ser um moleque chatinho quando está acordado, mas, no berço, é sempre um anjinho. Eu me inclino e dou um beijinho nele.

— Bons sonhos, Trufa — murmuro e, em seguida, saio do quarto na ponta dos pés.

A campainha me faz dar um pulo. Eu me agacho de volta para a sombra do quarto de Trufa e escuto minha mãe descer até o saguão. Ouço a porta se abrir.

— Olá, sra. May — diz uma voz familiar. — Sou Callista, da escola. Vim deixar o livro de exercícios para a Miranda. Espero que ela esteja um pouco melhor.

— Entre — diz minha mãe. — Acho que ela vai gostar da sua companhia. — Ela grita para o andar de cima: — Miranda! Uma amiga sua!

Estou chocada. Por que Cal está aqui? Algo deve estar acontecendo.

Ouço minha mãe levar Cal para a sala de jantar.

— Você vai me dar licença, mas tenho trabalho a fazer. Tem chá na chaleira.

Desço as escadas e encontro Cal à mesa da sala de jantar. Ela foi em casa para se trocar depois da aula — está usando um top branco largo e o cabelo está preso num coque com cachos engenhosamente soltos.

— Oi — digo.

— Olá. — Ela sorri, mas parece artificial.

Sirvo xícaras de chá para nós duas.

— Suas mãos estão tremendo — diz Cal. Ela me fita com os olhos verdes penetrantes. — Tem certeza de que está bem, Miranda?

— Sim... estou bem. O que você queria falar comigo?

— Nada, na verdade. Só queria ver você. Sabe, fora da confusão da escola. Josh disse que vocês tiveram um encontro e tanto na abadia. — Ela mantém o olhar fixo em mim quando respondo.

— É, mandei e-mail para a professora B. Está no relatório. Com toda a criptografia que você me mostrou.

Fazer relatórios sobre nossas atividades deveria parecer um dever de casa extra, mas não. É emocionante, empolgante. Faz eu me sentir importante e querida.

Cal assente.

— Estamos chegando a algum lugar. Bom trabalho em equipe. — Ela se inclina sobre a mesa, de repente, e agarra meu braço com força excessiva. — Miranda. Escute. Se alguma coisa fizer você se sentir... chateada ou preocupada... você vai nos dizer, não é? A mim, à srta. B. ou ao Josh? Porque pouquíssimas pessoas têm essa chance. Não estrague tudo.

Estou surpresa com esse surto apaixonado, mas não demonstro.

— Claro — digo calmamente. — Não vou estragar nada.

— Não esconda nada da gente — diz ela. E olhe para mim como se estivesse tentando penetrar a minha mente. Ela parece mais velha de novo, o que é assustador e perturbador.

— É... é claro. Olhe, tudo está registrado, como eu disse.

— Não quero chateá-la, Miranda.

— Não está me chateando. — Olho incisiva para baixo. — Mas está machucando um pouco meu braço.

Aos poucos, Cal solta meu braço, mas continua me encarando.

— Tudo isso com que lidamos não é o tipo de coisa que você já encontrou antes. Mas aquele teste no Seaview mostrou que você era a pessoa certa para nós.

Minha mãe entra correndo, procurando algo nas pastas que estão na estante.

— Não se incomodem comigo, meninas — diz ela distraída.

— Sra. May — diz Cal com uma educação fria. — Que gentileza a sua fazer chá.

Minha mãe olha por cima do ombro e sorri.

— Sarah, por favor. Todo mundo me chama de Sarah.

— Há quanto tempo está nessa linha de estudo, Sarah? — pergunta Cal.

— Desde pouco tempo depois de Miranda nascer — responde minha mãe, puxando uma pasta e colocando os óculos para fazer algumas anotações. — Eu estava na indústria antes. Mas a terapia holística... de repente pareceu a coisa certa a fazer.

— As pessoas precisam de respostas, certo? Fora do que elas chamam de métodos convencionais. Este é um bom lugar para isso.

Minha mãe desvia o olhar da pasta por um instante.

— As crenças antigas ainda são fortes, sabe? Grande parte delas ainda funciona.

— Esta cidade é cheia dessas coisas, não é? — pergunta Cal. — As linhas Ley convergindo, os túmulos no alto das colinas, as lendas sobre fantasmas de pescadores no porto... lendas de bruxaria e da Peste.

Olho desconfortável da minha mãe para Cal e de volta para minha mãe. É quase como se elas estivessem jogando com essa conversa, cada uma tentando fazer a outra revelar algo.

— Bem, essa é a Bretanha para você — diz minha mãe com um sorriso, sem olhar nos olhos de Cal. — Um ótimo país mergulhado no folclore.

Cal não vai deixar passar.

— Mas tem quase mais disso do que das suas coisas. Você sabe. Mais sombras antigas e mistérios do que cura e equilíbrio. Acha que é esse o seu trabalho? Chutar o velho e trazer o novo?

O que ela está *fazendo*? É quase como se Cal estivesse tentando conduzir minha mãe a uma resposta. Tentando fazê-la dizer algo que ela possa usar.

No entanto, minha mãe parece mais se divertir do que qualquer outra coisa. Com uma das mãos no quadril, ela pergunta:

— O que está tentando dizer, Callista?

Cal levanta a mão numa posição de defesa.

— Nada. Só que... você sabe... de todas as cidades portuárias em que você poderia trabalhar... que coincidência vir parar aqui. — Ela dá de ombros, faz beiço e dá uma soprada. — Sabe como é.

Minha mãe parece muito séria, espiando Cal por cima dos óculos de leitura, e por um instante sinto um arrepio estranho.

— Eu sabia a história deste lugar — diz ela baixinho. — Todos nós sabemos as histórias das velhas crenças. Não dá para fazer meu trabalho em um lugar tão cheio de lendas antigas e maldições sem estar ciente de tudo. — Ela fecha a pasta com força. — Isso apenas torna meu trabalho mais interessante.

— É mesmo? — diz Cal casualmente. Ela captura meu olhar, e eu fico vermelha.

— Eu adoraria continuar o debate, Callista — diz minha mãe com um sorriso —, mas realmente tenho muito trabalho a fazer. — Com um farfalhar da saia e um chacoalhar de penduricalhos, ela some.

Quando ela já está no saguão, eu me inclino sobre a mesa, curiosa para descobrir qual era a intenção de Cal.

— Você precisa ter cuidado! — digo de repente. — Ela não pode descobrir!

— Sobre a nossa caça às sombras? — pergunta Cal, levantando a xícara. — Ou sobre você ver coisas?

Cruzo os braços e faço uma cara feia.

— Os dois.

Cal é como um gato selvagem elegante e poderoso — que você quer ao seu lado, não encurralando você numa clareira na floresta, com as presas e as garras à mostra. Ela tem uma vantagem perigosa

Ela sorri.

— Não se preocupe. Todos temos segredos para guardar.

— Ah, é?

— É. Josh, por exemplo. Tem uma história. Sobre ele ter que deixar a St. Xavier e vir para a nossa escola. O pai dele está trabalhando no exterior. Tem problemas financeiros, alguém me disse. Perdeu todo o dinheiro numa dessas crises bancárias. — Cal se recosta, balançando a cabeça. — Mas acho que tem mais por trás de tudo isso. E a mãe dele... bem, ela é meio estranha.

— E você? — pergunto. Eu me lembro do que Josh me disse na praia, sobre a mãe e o padrasto de Cal não terem tempo para ela.

— Eu? — Cal me lança um sorriso inocente. — Estou ótima.

— Você foi a primeira pessoa a falar comigo no ponto de ônibus. Não acredito que foi uma coincidência. O que quer que exista em mim... você sentiu, não foi?

Cal se recosta, parecendo, por um instante, que não vai responder.

— Talvez sim. Talvez não. Normalmente sou boa com objetos, e não com pessoas. Muitas vezes consigo... lê-los. Onde estiveram, com quem estiveram e assim por diante. História. — Ela dá de ombros. — Vem naturalmente.

O computador. E o ônibus. Ela mencionou a impressão psíquica de um proprietário sobre um objeto, eu me lembro.

— Minha mãe e meu padrasto nunca souberam — continua ela. — Eles não se interessariam, de qualquer maneira. Administrar o pub significa que eles trabalham sete dias por semana. Acho que eles ficam felizes por eu ter hobbies que me mantêm ocupada.

— É isso que é? Um hobby?

— Antes de a srta. Bellini me descobrir, eu me sentia uma estranha. Isso não ajuda, não é? As crianças dizem coisas terríveis. Se você é ruiva, ou gorda, ou sardenta, ou... Enfim, eu... tive alguns problemas. Fiquei meio... esquisita. Meu pai saiu de casa. Passei um tempo com uns médicos.

— Sinto muito.

Sei de qual tipo de médico ela deve estar falando. Não é do tipo que conserta braços quebrados e receita remédio para coceira, mas do tipo que cuida da sua cabeça. Que cuida da sua mente.

— Não, está tudo bem, agora. Tenho um objetivo na vida. Assim como os outros, sabe.

— E aí eu cheguei.

— É — diz ela baixinho. — É como se estivéssemos esperando por você. Esse tempo todo.

Há algo estranho no modo como ela me diz isso, quase ameaçador. Fico em alerta. Eu não confiaria nela do jeito que confio em Josh.

— Enfim. — Ela termina rapidamente o chá. — Agradeça à sua mãe por mim. Não se esqueça da reunião de equipe amanhã de manhã. E não se atrase. A srta. B. tem algo bom pra nos mostrar.

— Eu deveria ir...

Cal me interrompe, com a voz firme.

— Você deveria estar conosco. Invente algo.

Há um instante de silêncio tenso quando nos entreolhamos sobre a mesa.

— Então, vejo você amanhã — murmuro.

Cal joga a bolsa sobre o ombro.

— Eu sei o caminho — diz e se afasta de mim, jogando os cabelos com casualidade.

Na sala de estar, desmorono no sofá, zapeando os canais de TV, vendo imagens, mas sem absorver nada.

É estranho. Sinto como se a conversa com Cal estivesse sempre a um fio de ser outra coisa.

Algo muito mais importante.

Algo que ela queria dizer, mas não conseguiu.

## CAPÍTULO 12
# Inimizade

**CONJUNTO HABITACIONAL MILLENNIUM: SÁBADO 9:42**

Mesmo depois que saí da escola naquela tarde, eles acreditam que voltarei ao controle das coisas. Antes da reunião com a professora Bellini, recebo uma mensagem de texto me dizendo para encontrar Josh perto do memorial da guerra no Conjunto Habitacional Millennium.

Gemendo, eu me arrasto para fora da cama e jogo água no rosto. Quase me sinto humana. No espelho do banheiro, pareço pálida, mas não terrível. No andar de baixo, pego minha jaqueta, grito para minha mãe que vou sair para encontrar uns amigos e nem ouço o que ela diz enquanto desço correndo os degraus e me dirijo ao Conjunto Habitacional Millennium em ritmo acelerado. Olho o relógio, imaginando que vou levar uns dez minutos. Estou certa.

Ele mal olha para mim quando chego, mas anda a passos largos até o meio da rua.

— Ela está fugindo — diz ele. — Aquela coisa. Ela sabe que estamos atrás dela e não se afasta muito. Eu me pergunto *por quê?*

Meu coração acelera pelo modo como ele diz isso. Então, agora estamos caçando a coisa. Rastreando. É uma mudança de abordagem.

Eu me sinto um caubói no Oeste, entrando numa cidade para um confronto. O casaco longo e escuro de Josh flutua na brisa. Ele tem algo diferente desta vez — uma das peças da professora Bellini. É como uma lanterna, mas com uma ponta mais larga como uma grande baguete e com uma pequena tela digital embutida.

Não estamos muito longe do Parque Craghollow e da escola. Na verdade, estamos a poucas ruas de distância do Orfanato Copper Beeches, onde Jade mora. Todas as casas parecem iguais — pequenas casas semi-independentes com jardins bem-cuidados e entradas curtas. Eu me lembro de uma música que meu pai costumava pôr no CD player para eu escutar: "Pequenas caixas nas colinas..."*

Ofegantes, paramos, e eu descanso as mãos sobre os joelhos e olho para Josh.

— Este é o momento em que você diz algo idiota, tipo "Acho que é melhor nos separarmos", certo?

Ele sorri.

— Você e eu assistimos aos mesmos filmes. Escute, se quiser caçar, até perseguir as sombras, você precisa caçar *com eficiência.* Mesmo motivo pelo qual nunca envolvemos a polícia. Cachorros, armas, rádios... todas essas coisas geram mais problemas do que resolvem.

Respiro fundo algumas vezes.

— Então me diga: o que é isso? — pergunto, apontando com a cabeça para o dispositivo.

---

* No original, "Little boxes, on the hillside..." (N.T.)

— É um ressonador de movimento ultrassônico.

— Você acabou de inventar esse nome.

— Bem, eu não queria chamar de detector mágico de fantasmas.

— Então, o que é?

Josh sorri para mim.

— Um detector mágico de fantasmas.

— Você está brincando comigo. De novo.

— Não, não. Juro pelo túmulo da minha mãe.

— Sua mãe não está morta — observo. — Pelo que eu sei.

— Mas ela tem um túmulo. — Josh estremece e balança a cabeça. — Bem, uma lápide. Ela mandou fazer e deixou o ano da morte em branco. Confie em mim, é uma longa história. Um dia eu lhe conto.

Eu o encaro. Às vezes, é difícil saber quando ele está falando sério.

— Isto — diz ele, dando um tapinha na coisa ultramegaplus — registra todos os sinais incomuns na faixa paranormal. Isso inclui energia piroelétrica, como a que detectamos na abadia.

É um dia claro e ensolarado, e tudo parece destacado em cores artificiais de cartuns. Ouvimos os pássaros cantando. Há flores brancas e cor-de-rosa nas árvores, algumas formando um tapete no chão, parecendo confete. No fim da rua, há um velho lavando o carro com uma esponja ensaboada. Ouço alguém quicando uma bola contra uma porta de garagem. É a paz dos subúrbios.

— Calmo demais — diz Josh.

— Então, por que *essa coisa* está piscando? — pergunto.

— Droga! — Josh ergue o ressonador e vira um pouco, tentando ver onde o sinal é mais fraco e onde é mais forte.

Eu pisco.

E aí tenho um daqueles momentos.

Bem igual a quando eu ia ser atropelada pelo caminhão. Quando eu sabia que ele estava se aproximando mesmo que não o tivesse visto ou ouvido. E igual a quando eu estava na Cápsula com a professora Bellini e consegui dizer, apenas pensando, apenas imaginando, sob qual dos potes a bola branca estava. E como na abadia. A um passo da minha percepção. Um sentido ainda não inventado nem nomeado.

É um flash de *trevas*, como uma sujeira no mundo real, mas também um frio e um rangido dentro da minha cabeça. Meus olhos não estão abertos nem fechados, mas me sinto como se estivesse sonhando acordada, ali no meio da rua. Estou sem fôlego e quente.

*Estou parada à margem de um campo, e atrás de mim há uma floresta em chamas, com um enorme dedo escuro de fumaça negra apontando para o céu. Uma garota com cabelos longos está correndo em câmera lenta através de um campo marcado e queimado. Correndo, correndo. Ouço cavalos, mas não os vejo. Há fuligem e fumaça ao seu redor, mas ela não parece estar queimada.*

Engulo em seco, e meus olhos estão de volta a Firecroft Bay.

Eu pisco. Por um segundo, ainda me sinto insuportavelmente quente, e meus olhos ardem como se entrassem em contato com a fumaça de uma fogueira.

Então, estou encarando a rua em direção ao parque.

Grupos de sombras se reúnem ao redor dos brinquedos. Sombras escuras e profundas, como as que esperamos ver no auge do verão.

— Josh — digo com cuidado.

Ele ainda está girando em torno de si, pesquisando o conjunto habitacional.

— Mais uma vez... não está longe...

— *Joooooosh!* — sibilo.

Ele está apontando o ressonador em direção ao Parque Craghollow. O traço está flutuando, mas uma luz azul tremulante aparece quando ele aponta diretamente para o meio da rua, através do portão e em direção...

Aos balanços.

Ao meu lado, Josh ainda está pesquisando.

— Eu estava vendo os arquivos mais cedo. Toda esta área tem fortes vínculos com o passado. Primeiro, procurei a abadia.

— Oh-oh. Lugar grande com pedras acinzentadas. Não dá para não ver. — Meus olhos ainda estão fixados nas sombras ao lado dos balanços.

— Muito engraçadinha. Sabia que aquele lugar foi um cemitério das vítimas da Peste Negra? Antes de construírem a abadia ali, o bispo veio salpicar o lugar todo com água-benta. E aqui, as Crag Hollows, como eram chamadas, era um lugar onde eles costumavam queimar bruxas na época da Peste. A área ficou intocada por séculos, até que o parque e o conjunto habitacional foram construídos sobre ela na década de 1950.

Devagar, levanto a cabeça do leitor do ressonador e encaro com firmeza as sombras no parque.

Há alguém parado ao lado dos balanços.

*Não, não há...*

Estreito os olhos. Há, sim.

Uma sombra longa e escura, sem definição, como se não estivesse *sintonizada*.

— Joshua!

Por fim, ele para de tagarelar e se vira. Ouço ele perder a respiração.

— A-há. Que ótimo. — Ele vai em direção à cerca do parque. — Você persegue. Eu vou pelo outro lado. — Ele joga o ressonador para mim, e surpresa, eu o pego.

— Ok. — Olho para o aparelho. — Que diabos eu faço com isso?

— Apenas siga o leitor. É fácil. E... Miranda?

— Sim?

— Não se arrisque sem necessidade. Essa coisa é *perigosa*.

Então é isso. Estamos caçando nosso inimigo, rastreando-o até sua toca.

*Correndo em direção às sombras.*

Mantenho os olhos fixados no espaço atrás do balanço, fixados na longa Forma sombria, e me lanço em direção ao portão de entrada do Parque Craghollow.

Está aqui, no mundo real. No meu quarto, na abadia, agora aqui no parque. Ainda não contei a Josh que é a mesma figura que assombra meus sonhos.

Estou ciente dele, circulando a margem do parque ao longe.

Atravesso a superfície flexível da área de brinquedos, me agacho sob o trepa-trepa e paro dentro dele, como se a gaiola de aço arredondado me desse algum tipo de proteção. Nunca me senti tão exposta na minha vida.

— Quem é você? — pergunto, com a voz trêmula. — O que você quer?

Levanto o ressonador com cuidado. Está piscando alucinado. Números embaralhados.

Então, o leitor digital fica vazio.

Franzo o cenho e o encaro. Algo aparece no mostrador.

Não são números. Letras.

— atchim —

— atchim —

Estou reconhecendo.

Eu me agacho sob o outro lado do trepa-trepa.

Agora, só existe um campo aberto entre mim e os balanços e as sombras além deles. Sinto fisgadas na testa e sob os braços. Ouço e sinto meu coração bater forte pelo corpo, e minha boca está seca como uma lixa.

— todos —

Estou tremendo tanto que mal consigo segurar o ressonador. Tento resistir ao máximo. Pegar algumas leituras. Para que, quando eu voltar ao Seaview, possamos conectá-lo ao computador e analisá-lo.

— nós —

Por um segundo, uma nuvem encobre o sol, e as sombras no parquinho mudam de posição.

Eu pisco.

— caímos —

Sinto algo tocar meu rosto. Tão frio que queima. Como um bloco de gelo pressionando minha carne. Uivo de dor e solto o ressonador. Caio no chão enlameado. Estou rolando e rolando enquanto caio colina abaixo, mas o solo é reto.

O céu gira, enfeitado de árvores — então minha mão está sendo puxada e me erguem até eu ficar de pé e ver Josh me olhando, preocupado.

Meu hálito está frio e irregular. Meus cabelos caem sobre os olhos, e eu sacudo a cabeça.

— Desculpe.

Repouso as mãos sobre os joelhos e examino o parque todo.

Um homem anda com seu cachorro perto da cerca mais distante, e duas mães com filhos pequenos empurram carrinhos até os brinquedos. Estão olhando para mim e para Josh com cautela. Crianças grandes, devem estar pensando. Parecem meio esquisitos e rudes. Fiquem longe deles. Sorrio mas elas desviam o olhar.

Josh pega o ressonador onde ele caiu, ao lado do escorrega, coloca-o no bolso e sorri brevemente para as duas mães.

— Está tudo bem — diz a elas, com seu charme de sempre. — Todo seu.

— Simplesmente foi embora — digo, correndo atrás de Josh enquanto ele sai andando em passos largos. — Nem vi para onde. E, Josh...

Ele para e se vira.

— O quê?

— A rima. Estava no ressonador.

Ele assente, com um sorriso.

— Está tentando nos dizer alguma coisa. Venha. Vamos dar o fora.

**CÁPSULA: SÁBADO 10:35**

*Bam!*

A professora Bellini deixa cair, aberto sobre a mesa, o pesado livro de capa de couro e todos o encaramos.

Estamos reunidos ao redor da mesa de madeira na Cápsula. Minha cabeça ainda dói. Estou dopada com o mais forte remédio que se pode comprar sem receita, mas parece não estar fazendo efeito.

Embora confusa, tento me concentrar no livro. As páginas são amarelo-mostarda, enrugadas como folhas de outono e finas como papel-carbono. Eu me lembro de ouvir Ollie dizer que a professora Bellini ia pegar um livro na Biblioteca Britânica, mas isso parece ter sido há séculos.

A professora Bellini afasta as mãos e sorri.

— Gostaria de saber se algum de vocês, enquanto está grudado na internet e no celular, alguma vez pensou que as respostas podem estar em algum lugar mais óbvio.

— O que é isso? — pergunta Josh, desinteressado, apontando para o livro.

A professora Bellini espia por cima dos óculos brancos e suspira.

— É um *livro*. Uma coleção de folhas de papel ou pergaminho, impressas com tinta, unidas por um material resistente, como couro ou tecido. Foram muito populares desde a Idade Média, até, hummm, uns cinco anos atrás. Costumam ser encontrados em *bibliotecas*. Vocês se lembram disso?

— Ah, senhorita, senhorita! — diz Josh, erguendo as mãos em tom de brincadeira. — Eu sei, senhorita. Aquelas coisas que o governo quer fechar, caso a gente comece a ler livros e a fazer perguntas úteis.

A professora Bellini sorri, complacente.

— O sarcasmo é a forma mais baixa de inteligência, Joshua — observa Cal.

— Mas é a mais divertida — completa Josh com um sorriso cínico.

— Hummm. Talvez — ronrona Cal.

Olho para ela com raiva, ainda ressentida com a conversa perturbadora de ontem à tarde. Fiquei acordada. Será que Cal sabe mais de mim do que está deixando transparecer? Eu me pergunto o que ela queria me dizer e não conseguiu.

A professora Bellini suspira.

— Para responder à sua pergunta de forma mais completa, Josh, esta é uma das cópias existentes do que é conhecido como Rubrica de Constantinopla.

— Tente dizer *isso* com a boca cheia de chicletes — diz Ollie. Sorrio ligeiramente da piada dele. — Desculpe — murmura ele. — Não sabia que tinha dito isso em voz alta.

Lyssa dá uma risadinha, mas a professora Bellini está séria.

— Um livro muito antigo — continua ela — e muito *raro*. Tive que conseguir um passe especial para tirá-lo por 72 horas dos Arquivos de Livros Perigosos da Biblioteca Britânica.

— Isso... não existe de verdade — digo.

— Ah, e você *sabe* disso, Miranda? É claro que existe. Fica num cofre reforçado com titânio embaixo da estação St. Pancras. Seu cartão das Sombras lhe dá acesso, mas apenas para pesquisas no local. Usando equipamentos de proteção. Lembre-se disso. Um dia você poderá precisar.

— Já estive lá — diz Ollie. — É legal. Eles têm as cinco peças desaparecidas de Shakespeare, a Bíblia de Saint James sem censura e os roteiros dos filmes de *Guerra nas Estrelas* que não foram feitos.

— E a primeira versão de *O morro dos ventos uivantes* — diz Lyssa, balançando a cabeça. — Muito estranho. Você devia ver todas as coisas que ela tirou.

— Então — diz a professora Bellini —, a pergunta é: o que temos aqui? Que força é essa? Qual é a nossa *prova*?

— Temperaturas extremas — responde Lyssa, com a mão levantada como se estivesse na escola. — Troca de calor e frio. Fervendo para congelando.

— Ela gosta de energia — digo, ansiosa para contribuir. — Além do mais, essa coisa tem uma obsessão esquisita com o verso "Um anel de rosas" da época da Peste.

— Parece... — Josh faz uma pausa, roendo a unha, e todo mundo olha para ele. — Tudo bem. Nós ficamos lá e enfrentamos... *alguma coisa* na abadia. E no parque. Mas, ainda assim...

— Mas, ainda assim — digo, continuando de onde ele parou —, *não temos uma imagem exata de como ela é.*
Fecho os olhos.
*Vejo uma escuridão, uma coluna cintilante de trevas como algo tentando se sintonizar na realidade... vejo uma forma com muitos rostos, com pele pálida e macia, e também com pústulas amarelas e inflamadas... com olhos infantis assustados, mas com os dentes frágeis de uma velha encarquilhada.*

*E vejo a criança com cabelos escuros comprido, correndo pelo campo, as árvores queimando ao longe...*

— Um mestre dos disfarces? — pergunta Ollie.
— Mestra — corrige Cal com frieza.
— Miranda? — diz a voz da professora Bellini, e ela parece profunda e ressonante, ecoando na minha cabeça e em uma caverna surreal. — Consegue ver isso agora?

Sem nem olhar, consigo sentir as sombras se reunindo ao meu redor na Cápsula. Consigo senti-las. Fecho os olhos com tanta força que dói. Sinto minhas têmporas pulsando. Estou me lembrando do truque com os potes e a bola, e de como pensei, como *senti* o caminho para a resposta certa. O negócio é não fazer as coisas do jeito que você acha que deveria, não pensar em uma linha reta do jeito que sua mente pede para você fazer; mas parar de pensar, deixar a mente viajar, se sentir em sintonia com o corpo e permitir que seus instintos aflorem...

— Sim — respondo.
Meus olhos se abrem de repente.
— É uma sombra — digo. — Uma sombra escura e longa. Encapuzada, talvez, como um... como um monge. Não, não é um monge... é feminina, definitivamente feminina. É... uma mulher. Uma garota. Delineada no fogo radiante. Às vezes, há um incêndio... uma floresta em chamas. O som de cavalos.

Talvez soldados? E há um cheiro forte, como... como... a morte.

— Meu tio fez um churrasco assim uma vez — diz Josh.

A professora Bellini levanta uma das mãos e balança a cabeça para ele em desaprovação. É óbvio que essa irreverência é tolerada somente até certo ponto.

*E ela assombra meus sonhos. Como se quisesse alguma coisa.*

Olho nos olhos da professora Bellini. Por um segundo, eles me assustam.

— Então é uma garota? — pergunta a professora Bellini.

Faço que sim com a cabeça.

— Uma garota, uma mulher... todas essas imagens se unem. Muitas mulheres diferentes. Uma jovem, uma mulher pálida, uma velhinha enrugada, tudo ao mesmo tempo. — Estremeço. — E ela... a pele dela... ela parece uma vítima da Peste.

— Todas parecem ter o mesmo rosto? — pergunta Lyssa, curiosa.

— É só isso. Elas são... e ao mesmo tempo não são. É tão difícil explicar...

Por alguns segundos, há um silêncio na Cápsula. Todos eles se entreolham, como se eu tivesse confirmado algo.

— Sinto muito — digo baixinho. — Essa... coisa tem assombrado os meus sonhos. Eu não tinha coragem de dizer toda a verdade a vocês. Às vezes, não sei se estou dormindo ou acordada. Ainda não entendo bem o que está acontecendo.

Então a professora Bellini expira, se recosta e, com calma, vira páginas da Rubrica de Constantinopla.

— Muito bem — diz ela. — Um demônio disfarçado de mulher, possivelmente capaz de mudar de aparência, vagando pela terra, se alimentando de energia bruta onde quer que a encontre, talvez enfraquecendo. Mas nunca se afasta destas imediações... — Ela ergue o olhar com intensidade. — Mas por que aqui? Por que *agora*? O que *mudou* em Firecroft Bay nas últimas semanas?

— Talvez ela goste de peixe com fritas — diz Josh.

Cal lhe dá um sorriso lânguido.

A professora Bellini está folheando o livro, seus olhos se movendo rápido. Por alguns segundos, não há nenhum som no ambiente, exceto o das folhas sendo viradas e o da nossa respiração.

— Uma forma com aspecto de mulher jovem — diz a professora Bellini, baixinho —, embora apareça com mais frequência na forma de uma sombra indefinida. Reúne forças absorvendo calor conforme tenta estabilizar sua forma física. — Seus dedos tamborilam descendo a página. — *Animus* — diz baixinho.

— Ani-o-quê? — pergunto.

— Animus! — responde a professora Bellini, austera. Ela vai até o quadro de perspex e, com o marcador, escreve a palavra:

ANIMUS

Ficamos todos encarando.

— Ligada à palavra *anemos*, em grego — diz ela —, que significa ar, vento ou hálito. De acordo com a Rubrica, um nome dado a uma força de vida sem corpo, uma forma sombria de energia espiritual. Não tem uma forma física fixa... mas se movimenta de um hospedeiro para outro. Após algumas décadas, ou séculos, dependendo de quanto tempo ela consegue manter o corpo vivo, assume uma nova forma.

— O que acontece quando o hospedeiro morre? — pergunta Ollie.

A professora Bellini continua lendo.

— Quando perde um hospedeiro, a Animus tem algum tempo para se renovar... e para isso precisa absorver grandes fluxos de energia. O problema é que a ligação psíquica pode não se estabilizar, e, nesse caso, ela volta ao corpo moribundo anterior, deixando o novo hospedeiro em estado macilento... e se muda para outro, e outro, e outro... — A professora Bellini estremece. — Como trocar de carapaça usada.

— Há alguma... explicação racional? — pergunto. — Uma que não seja sobrenatural?

— Ah, bem, a gente não costuma trabalhar assim — diz Cal. — Economiza tempo quando simplesmente se presume, desde o início, que qualquer coisa é possível.

Odeio essa turbulência dentro de mim. Todas essas contradições e confusões. Sinto como se eu estivesse fugindo das minhas próprias sombras.

A professora Bellini continua.

— Ouçam. Nossa Animus. Por enquanto, não tem corpo. É como um espírito maligno que existe fora da esfera física. Mas, conforme ganha força, ela imita a forma humana e a usa para seus próprios fins.

Há silêncio na Cápsula por um instante.

— Uma nova forma — diz Cal baixinho. — Então, ela está procurando fazer uma conexão psíquica e emergir no mundo físico. Ela se conectou a alguém. Ela *se tornou* alguém. Ou está *se tornando* alguém... ou *alguém* está se tornando ela. — Cal estremece. Fico surpresa. Estou acostumada a vê-la fazer tudo no próprio ritmo.

— Imitando a forma humana? — pergunto, nervosa. — Quer dizer, tipo... disfarçada de uma pessoa?

— Uma representação total e convincente de humanidade — diz a professora Bellini. — Mas que sempre precisa... se reabastecer. Melhorar, se você preferir, através da absorção de energia. Até que consiga se estabilizar... e finalmente *assumir totalmente essa forma*. As consequências disso seriam desastrosas. Incalculáveis.

— O que está querendo dizer, srta. Bellini? — pergunta Lyssa, tímida.

Por trás dos óculos, a professora Bellini fecha os olhos.

— Neste instante, essa coisa existe em uma forma que não é totalmente física, não é totalmente humana. Ela está tentando fazer uma conexão, uma ligação, se fixar neste lugar, nesta época, em uma pessoa específica da qual ela precisa como hospedeiro. Por que este lugar? Acho que todos nós sabemos. A Convergência é forte, e toda a história sombria de Firecroft Bay a reforça. — Seus olhos se abrem de repente, e ela olha para cada um de nós enquanto fala. — As visões de Miranda nos ajudaram muito. Sem ela, não conseguiríamos unir todas as peças. Mas conseguimos. Nós podemos.

Sorrio.

— Fico... feliz de ter sido útil — digo com cuidado.

— De fato — diz a professora Bellini e me dá um sorriso aconchegante. — Precisamos ser muito, muito cuidadosos. Minha tendência teria sido, talvez, deixar essa coisa ter acesso ao mundo físico e derrotá-la aqui... mas...

Estamos todos esperando o que ela tem a dizer. O silêncio parece crepitar no ambiente.

— A Peste — diz a professora Bellini. — A Peste Negra. Vocês sabem quantas pessoas morreram?

— Cerca de cem milhões — responde Josh baixinho.

Todos olham para ele.

— Pesquisei — diz ele, dando de ombros.

A professora Bellini assente.

— Josh está certo. Mais ou menos a população total do México nos dias de hoje, se quiserem comparar. E quase duas vezes a população do Reino Unido. Não temos como saber como algo assim poderia ter passado por mutações... como resistiria à medicina moderna. Poderíamos ter uma pandemia. E essa coisa, essa... Animus... não se importa. Talvez ela tenha sido humana, mas agora... ela só quer sobreviver. Ela não se importa comigo, com vocês, com seus pais, suas mães, seus irmãos e suas irmãs. Ela não se importa com o que deflagraria sobre a raça humana.

Penso em Trufa, resfolegando no ombro da minha mãe, e fico gelada.

Agora, nós nos encaramos e, pela primeira vez, penso, percebemos que estamos lidando com algo de importância vital.

Não apenas para Firecroft Bay, mas possivelmente para o mundo todo.

## CAPÍTULO 13
# Caça

**JARDIM DA VELHA CASA DO VIGÁRIO: SÁBADO 20:03**

Para trás... e para a frente. Para trás... e para a frente.

Quando nos mudamos e vi que a Velha Casa do Vigário tinha um balanço, nunca imaginei que de fato o usaria.

Eu brincava muito em balanços em Londres — sempre íamos a parquinhos quando eu era pequena. Meu pai me empurrava o mais alto que tinha coragem, e eu gritava de alegria, dando risinhos, pronta para ser lançada no ar, depois sentia ele me soltar e eu disparava para longe, como se estivesse voando para o espaço, desenhando um enorme arco no ar, sentindo o vento no rosto enquanto movia as pernas para continuar subindo mais e mais, e o assento quase desaparecia embaixo de mim...

Estou balançando bem devagar hoje, em comparação. Minha mãe se encontra numa reunião de trabalho em casa, e Tash está cuidando de Trufa.

Para trás... e para a frente. Para trás... e para a frente.

Agora tudo vai acontecer.

Tudo está acabando.

Só precisamos assegurar que seja o fim que desejamos, e não um desastre. Estremeço ao pensar na responsabilidade.

Estou pensando na conversa que tive com Josh na praia, depois que estivemos na cafeteria.

Eu me lembro de estar parada lá em pé, a maresia nos cabelos, e o sorriso de Josh quando ele virou e começou a andar pelas pedrinhas em direção aos degraus que levavam à Esplanada. Seu casaco longo e escuro oscilando na brisa marítima, e os cabelos batendo no rosto... olhos brilhantes e insolentes.

Há algo muito estranho em tudo isso, algo que está me perturbando há algum tempo. Como se o nosso inimigo nos conhecesse e estivesse apenas brincando conosco, nos provocando. Tentando ver até onde vamos, forçando cada vez mais. Como se, de alguma forma, ele soubesse de antemão o que estamos pensando. O ônibus, os computadores, a abadia, o parque...

Afasto o pensamento. Não gosto dele.

Salto do balanço e caio de quatro, como um gato, sobre a grama lamacenta. Por um instante, fico abaixada ali na luz pálida e apenas escuto. Entardecer de sábado. Sempre tenho a impressão de que é um horário em que algo deve acontecer. Como um momento em que o mundo respira depois de uma semana agitada e um fim de semana ocupado com futebol ou compras ou dever de casa.

Aquela sensação outra vez. De estar sendo observada.

Só que, desta vez, estou mesmo.

Jade está recostada contra o portão dos fundos do jardim, os braços cruzados, de óculos escuros apesar de o sol estar se pondo.

— Tudo bem? — pergunta ela.

Eu me ajeito, um pouco envergonhada por alguém ter me visto pulando do balanço como se fosse uma criancinha.

— Não sabia se você estava... falando comigo — digo, nervosa.

Ela dá de ombros e faz um ruído de desaprovação.

— Olhe — continuo —, desculpe por... por terça-feira. No píer. E obrigada por me ajudar ontem. Você estava certa, eu precisava vir para casa. Eu estava me sentindo como... como uma morta requentada.

— Eu apenas... estava passeando — diz ela baixinho. — Achei que poderia... — Ela suspira. — Acho que não vou me encaixar por aqui, Miranda.

Emoções confusas passam por mim. Uma sensação de pânico e perda, embora eu ainda não tenha perdido nada.

— O que você quer dizer? É sobre o píer? — O brilho do entardecer parece ter se tornado mais profundo e ameaçador, e há uma friagem no ar. — Eu não... Olhe, ainda não tenho muita certeza do que estou... fazendo com tudo isso.

Ela levanta as duas mãos.

— Não vou impedi-la de ser amiga dos Esquisitos, Miranda. Não é da minha conta, é? Nada! Tem umas coisas nessa cidade de que eu não gosto. Às vezes, ela parece meio sinistra. Sombras e tal.

Tento não reagir.

— Todas as cidades costeiras são meio estranhas — consigo dizer.

— Ei — diz Jade —, olhe... você se lembra de quando chegou? De quando fomos dar uma volta nos fliperamas comendo fritas? A gente devia... você sabe, fazer isso de novo.

— Claro, claro. Vamos, sim. — Faço que sim com a cabeça e sorrio com entusiasmo, mas percebo que Jade não quis dizer agora.

— Devo ir embora por algum tempo. Por isso eu estava no píer. Pensando. Tentando avaliar o lugar. Decidir se vale a pena ficar.

Eu me concentro na primeira frase.

— Ir embora? Como? Você tem para onde ir?

— Tenho minha avó em Basildon. Não a conheço, mas, bem... ela não se importaria se eu ficasse lá por um tempo. Tenho um saco de dormir.

Fico preocupada com ela.

— Tudo bem, mas... Jade, não desapareça sem falar com ninguém. As pessoas ficariam preocupadas. *Eu* ficaria preocupada. E aquela sra. Armitage, ela parece... Bem, ela pode ser meio assustadora, mas parece se importar.

Jade dá de ombros, com as mãos nos bolsos.

— É. Pode ser.

Estou com a sensação de que ela está me escondendo algo.

— Você não vai simplesmente ir embora, certo? Quer dizer, olhe, eu sei que você sabe se cuidar e tal, mas as pessoas... você sabe... as pessoas se envolvem em confusões.

Ela dá um meio sorriso.

— Como eu disse, preciso avaliar se vale a pena ficar.

— O que você precisa é terminar a escola, senão nunca vai conseguir um emprego.

Ela ri.

— Você está parecendo a velha Armitage.

Sinto meu rosto corar.

— Desculpe, mas é verdade.

— Muitas coisas... *poderiam* fazer valer a pena ficar — diz ela com cuidado e tira os óculos escuros. Fico chocada ao ver que os olhos dela estão vermelhos, como se ela tivesse chorado.

— Como... como se eu soubesse que tenho uma amiga muito

boa que gostasse das mesmas coisas que eu e ficasse ao meu lado não importa o que acontecesse e que não deixasse nada ficar entre nós.

Ainda estou tentando afastar uma dor de cabeça esquisita com sensação de resfriado. Espero que Jade não me peça para fazer alguma coisa amanhã. Isso é péssimo, eu sei.

— Isso tem a ver com Ryan Crofts? — pergunto, esperançosa.

Ela faz uma cara feia.

— Quem?

— Ryan Crofts, do oitavo ano. Você me falou dele ontem, antes de eu vir para casa. Que ele pode estar querendo sair com você.

Ela balança a cabeça e olha para o nada, recostando-se contra o portão daquele jeito casual e cosmopolita dela.

— Não existe Ryan Crofts — diz ela com frieza.

— O quê?

— A porcaria de Ryan Crofts não existe, está bem? Eu o inventei!

— Está bem, está bem! Fale baixo. — Olho nervosa em direção à casa. Não quero que minha mãe saia e se envolva com isso. — Você... *inventou* um garoto?

— É — diz Jade sacudindo ligeiramente a cabeça, talvez para si mesma ou para mim. — Eu o inventei para me sentir melhor.

— Mas por quê? Deve ter centenas de garotos que gostam de você.

— Ah, você *acha*? — Ela parece tão furiosa que eu quase dou um passo para trás. — Era só... mais uma coisa, Miranda. Mais uma coisa para tentar me fazer pensar que eu não estava infeliz aqui, ok?

Não sei como me sentir agora. Quero abraçá-la. Duas semanas atrás, eu teria feito isso, mas agora me sinto desconfortável demais.

— Desculpe. Olhe... não vá a lugar algum. Você vai à escola na segunda, não vai?

Ela sorri e dá de ombros outra vez.

Olho meu relógio.

— Preciso entrar — digo, me sentindo culpada. — Olhe... venha dizer oi para a minha mãe.

— Não, hoje não, garota. — Ela assente e recoloca os óculos escuros. — Obrigada pelo papo. Estou me sentindo um pouco melhor. *Ciao.*

E, antes que eu consiga acenar um tchau, ela atravessa o portão e segue pela rua em direção à orla, sem olhar para trás. Observo-a ficando cada vez menor no crepúsculo, uma figura alta e magra com uma nuvem de cabelos, emoldurada pela praia desbotada e pelas nuvens vermelhas do pôr do sol.

Parece estranho observá-la partir, como se pudesse ser a última vez que eu visse Jade Verdicchio. Quero chamá-la, correr atrás dela — mas ela já desapareceu ao longe.

Todo mundo usa meias palavras e espera que eu preencha as lacunas quando conversa comigo. Todos devem pensar que sou boa nisso. Não gosto de dizer aos outros que estou lutando nas sombras.

**HOTEL SEAVIEW: DOMINGO 10:49**

Recebo uma ligação urgente para aparecer no domingo de manhã.

Isso é esquisito. Inesperado. Pego uma aspirina, tento acreditar que meu resfriado — ou o que quer que seja — foi embora e passo correndo pela minha mãe e por Trufa, mal explicando aonde estou indo. Agarro meu skate e acelero nele descendo a Esplanada até o Hotel Seaview. Quando chego lá, todos já estão embolados em volta dos computadores no Datacore.

As mãos de Ollie se agitam no teclado, e o restante está de pé observando.

— Lyssa e eu temos tentado rastrear oscilações de energia semelhantes às que estamos percebendo agora nesta área — diz ele. — Cruzamos alguns dados com os registros daqueles disquetes antigos.

Lyssa segura um maço de papel.

— A maioria não é suspeita. Se bem que a gente achou um registro de incêndio esquisito na Mansão Brooke. Nenhuma causa conhecida, três mortos, arquivos policiais em aberto.

— E? — pergunto.

Lyssa dá de ombros.

— O problema é que foi em 1881.

— Não entendi — digo eu. — Qual é a relevância disso?

A professora Bellini, girando na cadeira, levanta uma das mãos.

— Acompanhe, Miranda. Acho que você vai considerar isso... interessante.

Há algo na forma como ela diz "interessante" que me dá um certo calafrio, como se não fosse um interessante *bom*.

— Está bem — digo, sem muita certeza.

— Ao todo, achei três exemplos — diz Ollie — de grupos de drenagem ou oscilação inexplicável de energia na área. — Ele clica o mouse, e a grande tela da estação de trabalho sobre ele se divide em três. — Primeiro: o incêndio na mansão.

Ele destaca uma imagem na tela — deve ser uma das primeiras fotografias da mansão, mostrando o interior destruído,

com vigas queimadas despontando como ossos em ângulos estranhos e grama enegrecida nos jardins.
— Depois houve isso, em 1924.
Ollie clica o mouse outra vez, e aparece uma imagem na tela central, o que me faz perder o fôlego e me inclinar para a frente. É um carro antigo, com aqueles faróis erguidos engraçados. Mas tem algo estranho nele. Parece pálido, desbotado, e os para-brisas estão rachados.
— Isso — diz Ollie com orgulho — é um Citroën B2 do início da década de 1920. Top de linha. Ou pelo menos era, antes de ser exposto a temperaturas de menos 100 graus Celsius. — Ollie ergue o olhar para mim, quase pedindo desculpas. — Foi registrado nos jornais da época. Causou uma comoção e logo foi esquecido.
— Como acontece muitas vezes com essas coisas — observa Lyssa. — Eles atribuem a condições climáticas malucas.
Olho surpresa para Josh, Cal e a professora Bellini.
— E tem aquele... Vocês *sabiam* disso?
Josh pigarreia, sem conseguir me olhar nos olhos.
— Ouça o restante, Miranda.
Como ele sabe disso tudo? Ele estava comigo ontem, perseguindo aquela coisa no conjunto habitacional e no parque. Eles devem ter conversado em segredo por mensagens de texto.
— E, por fim, este — diz Ollie e clica uma terceira vez. Outra imagem aumenta na parte direita da tela, desta vez um grande prédio branco quadrado com letreiros vermelhos na frente. — Vou aumentar a imagem — diz Ollie, e a imagem dá um zoom no nome: EMPIRE.
— O Salão de Baile Empire — diz Josh. — Minha avó sempre fala desse lugar. Foi onde ela e meu avô se conheceram.
Ollie assente.

— Foi demolido em 1972 para dar lugar ao novo cinema Odeon. Mas, antes disso, certa noite de março de 1969, o lugar de repente ficou sem energia alguma; o calor e a luz desapareceram do salão, como se alguém simplesmente tivesse sugado tudo. Deu no noticiário local. Mais uma vez, encontraram explicações perfeitas: fiação com defeito, queda repentina de energia no gerador, e assim por diante. — Ollie gira na cadeira, abrindo os braços. — Três incidentes com décadas de diferença. E aposto que não foram os únicos.

— Então é isso — diz Cal. — Temos certeza.

Certeza? Certeza de quê?

A professora Bellini olha para Josh e ergue as sobrancelhas como se dissesse "sua vez". Josh olha para Cal, que dá de ombros.

Definitivamente algo está acontecendo aqui. Todos eles estão trocando olhares *ardilosos*. Ollie está com os braços cruzados. Lyssa está cabisbaixa, olhando para a mesa. Por algum motivo, nenhum deles encara meu olhar.

— Mostre o restante para ela — diz Cal baixinho. Ela está sentada meio no escuro, bebericando café. Sua voz parece quase triste.

Ollie suspira e flexiona os dedos.

— Está bem. Josh verificou os registros da paróquia e os registros eleitorais dessas datas, só para ver se encontrava algo estranho.

Josh assente.

— Eu estava procurando conexões com a Peste. A história dos Crag Hollows e assim por diante. Por isso eu já tinha tudo em mãos.

— Então — continua Ollie —, consegui um software esperto para cruzar os dados com algumas informações fotográficas. Um que sempre aparecia era o registro escolar.

— Registro escolar? — Sinto um arrepio na nuca. Por algum motivo, não gosto do rumo dessa conversa.

Uma foto em preto e branco de um grupo de crianças vitorianas aumenta no lado esquerdo da tela — meninas com chapéus de renda e meninos com bonés e paletós.

— Mil oitocentos e oitenta e um — diz Ollie, movendo o cursor sobre cada foto. A seguinte, também em preto e branco, mostra crianças com ternos e golas de renda, parecendo uma época mais recente. — E 1924 — diz Ollie. E, então, por fim, à direita, uma foto colorida, mais moderna: algumas crianças usando suéteres e malhas com gola em V, as meninas com cabelos arrumados e os meninos com cortes de cabelo ruins em formato de cuia. — E aqui é 1969. Todas fotos de arquivos de escolas primárias do banco de dados da biblioteca.

Dou de ombros.

— E?

Ele aumenta a primeira imagem, focalizando o rosto de uma menina no grupo vitoriano. Parece borrada, mas Ollie faz algo com o mouse, e de repente as feições estão mais definidas.

Ela tem cabelos escuros, grandes olhos escuros e uma boca ampla.

Há algo estranhamente familiar nela.

Então, ele faz o mesmo com o grupo da década de 1920, focalizando apenas uma menina, e, por fim, com o grupo da década de 1960. E limpa as imagens para ficarem mais definidas.

Dou um passo à frente e olho as três fotos, uma por vez.

As roupas e os penteados são diferentes, claro, mas as meninas têm as mesmas feições: cabelos escuros sedosos, olhos escuros, rosto anguloso e a boca ampla.

— Avó, mãe e filha? — pergunto.

A professora Bellini se aproxima e põe a mão sobre meu ombro com delicadeza.

— Não exatamente — diz ela. — Olhe outra vez, Miranda.

Faço isso. E agora sinto meu coração disparar e minhas mãos ficam formigando e quentes e molhadas de suor.

Porque eu percebi.

Não.

*Não pode* ser.

— Elas parecem familiares, Miranda? — pergunta a professora Bellini.

Balanço a cabeça sem falar nada. O ambiente parece oscilar.

— Deveriam — diz a professora Bellini baixinho. — Essas três garotas têm exatamente o mesmo rosto.

Ela ergue os olhos e, por um segundo, seus óculos ficam repletos de uma luz azul suave.

Fito a professora Bellini, tentando me concentrar. E, quando olho de volta para as três imagens, eu sei o que ela vai dizer. Quase não tenho coragem de ouvir, mas sei que preciso.

E a professora Bellini diz:

— É o rosto da sua amiga, Jade Verdicchio.

CAPÍTULO 14
## Giada

**MARINA DE FIRECROFT BAY: DOMINGO 11:56**

Meus olhos estão borrados de lágrimas.
 Estou correndo pela marina, passando pelas lojas caras e os barcos ancorados. Estou a apenas alguns minutos do Seaview, mas esta é a parte elegante de Firecroft Bay, a parte que eles enfeitaram enquanto se esqueciam da Esplanada e deixavam o Seaview apodrecer. Gaivotas guincham acima, como se estivessem rindo de mim.

Encontro o caminho até um pontão e fico parada ali, os braços cruzados, as lágrimas borrando o mar, e os mastros e o quebra-mar à vista.

Há um vento gelado, soprando os mastros dos navios e agitando os toldos das lojinhas de bugigangas e equipamentos de pesca. Eu me encolho na jaqueta. Ela é boa: feita de couro preto firme e resistente, com vários bolsos com zíper, como uma jaqueta de motociclista. Eu me lembro de quando a escolhi na loja. Logo depois de meu pai morrer. Na época, era grande demais para mim, muito larga e muito adolescente, e eu pensei que minha mãe fosse me dizer para não ser idiota, porque era muito cara. Mas ela comprou.

Ele teria gostado. *Está bacana, Panda*, ele teria dito.

E cá estou eu, recostada em um parapeito na marina de Firecroft Bay, e a jaqueta e as memórias estão me mantendo aquecida. Uma garota comum usando jaqueta de motociclista, jeans e AllStar, com os cabelos emaranhando no vento frio. Ninguém prestaria atenção em mim. Ainda assim, eu sei coisas demais sobre o mundo neste momento. Coisas que eu não queria saber.

Minha cabeça está girando com os pensamentos em Jade. Não sei se fui enganada ou se aquela conversa na noite passada no jardim deveria me dizer mais do que entendi. Isso tem acontecido muito comigo. Por que ela foi embora? Estou começando a ter mais raiva do que medo, raiva de não saber o que está acontecendo.

Eu o sinto atrás de mim. Não preciso me virar.

— Eu... não sabia — diz Josh baixinho.

— Vá embora. — Fico surpresa de não ter dito algo mais grosseiro.

Ele suspira.

— Tudo bem. Sabe, Miranda, estou cansado de fazer isso.

Eu meio que me viro em direção a ele.

— Fazer o quê?

— Proteger você. Ficar atrás de você o tempo todo. Sei que você é nova, mas achei que já estaria bem, agora.

Ele faz uma pausa e vem se recostar no parapeito ao meu lado — não olha para mim, e sim fita o mar, como eu.

— Eu *gosto* de você — diz ele. — Quer dizer, você é chata e fala demais, e alguém deveria lhe dizer que o visual da Avril Lavigne saiu de moda há muitos anos, mas... Mas... apesar de tudo, eu gosto de você, Miranda. Achei que trabalhamos bem, juntos. Mas tem umas horas em que você precisa deixar as dúvidas de lado e simplesmente encarar a realidade. Por mais desconfortável que ela seja.

— Fácil falar.

Por alguns segundos, nenhum de nós fala nada. Depois, ele diz:

— Talvez isso não seja para você, Miranda. Porque, se você deixar as emoções pessoais interferirem...

Eu me viro e o encaro, me aproximando — e ele dá um passo para trás. Uau.

— Emoções pessoais? É assim que você chama? Jade é minha *amiga*, Josh. E agora vocês estão tentando me dizer que ela é essa... *coisa* que estamos procurando desde sempre?

— Bem — diz ele, coçando a orelha —, eu diria "incorporação neovampiresca de uma força vital espiritual das trevas", mas acho que *coisa* serve, já que você não consegue pensar em nada melh...

— Não se faça de *engraçadinho* comigo! — Dou um passo em direção a ele, e ele recua outra vez. — Eu não entendo. Você me disse que não era ela. Ollie também, no píer. Nós... lá... Ela não é... — Paro de falar, sentindo os olhos molhados de lágrimas. Minha garganta está áspera e irritada.

Josh dá de ombros.

— Os dados... não estavam completos — diz, desculpando-se.

Estou com tanta raiva dele que quase o empurro.

Ele levanta as mãos.

— Certo, certo. Olhe... — Seus olhos se estreitam. — Sério, Miranda. Você viu as provas. Três épocas, três rostos. *A mesma garota.* E faz todo sentido.

— Não acredito.

— Você sabe. Todos nós sabemos. Ela é a Animus. Ela tem centenas de anos de idade, Miranda. Ela é a coisa que estamos procurando. A coisa que pode matar todo mundo. Ela é a garota do *anel de rosas*. E está colocando anéis à *sua* volta.

— Pode falar à vontade — retruco. — O tempo todo você achava que ela era uma Mundana.

— É verdade. Hummm. Um mal julgamento. — Josh pega o celular e verifica as mensagens. — De qualquer maneira, sabemos onde ela está. A localização do alvo vai começar em cinco minutos. — Ele ergue a sobrancelha para mim e sorri. — É fim de jogo. Você vem?

Josh, a professora Bellini e os outros, sempre sabendo mais do que eu. Abadias mal-assombradas, sombras, intriga e traição. A vida à margem da realidade.

Não quero continuar.

Não preciso mais disso.

— Quer saber, Josh? Não vou. — Levanto o queixo de um jeito desafiador, sentindo a maresia fria no rosto. — Você que vá. Porque... porque eu cansei.

Ele parece um pouco surpreso.

— Ah. Tudo bem. — Ele se vira, como se fosse embora. — Tem certeza?

Faço que sim com a cabeça, me sentindo ao mesmo tempo chateada e aliviada.

— Tenho.

— Está bem — diz ele e estende a mão. — Então, tudo de bom para você, Miranda. Não vamos mais incomodá-la. Sem ressentimentos.

Olho para a mão dele como se ela fosse um peixe morto.

— Gesto educado? — diz ele.

Dou um sorriso relutante e aperto sua mão.

— Está bem, Josh.

— Essa é a Miranda que eu conheço — diz ele com um sorriso.

E bate a outra mão nas costas da minha, de forma a me prender num aperto de mãos duplo.

Por uns dois segundos, não consigo tirar a mão do cumprimento.

Josh se afasta de mim.

— Sinto muito mesmo — diz ele.

Olho para baixo.

*Tem alguma coisa nas costas da minha mão.*

Parece um disco achatado cor-de-rosa. E o *frio* sai dele e se espalha, atingindo minhas veias, percorrendo meu corpo.

Olho para minha mão, apavorada, e tento arrancar o disco, mas mal consigo mexer o outro braço. Estou confusa. Imagino que estar bêbada seja parecido com isso. Minhas pernas de repente perdem a força para me sustentar, e meus joelhos começam a ceder.

Josh me agarra antes que eu caia no chão.

— Calma — diz ele baixinho. — Não se machuque.

— O que... você *fez*?

— É apenas um adesivo de tranquilizante. Nível um, apenas.

— O quê? — Encaro o disco na minha mão, tentando focalizar. Meu corpo todo sente como se estivesse se desligando para um sono instantâneo, e meus membros estão ficando dormentes.

— Atinge o sistema nervoso e sai em questão de horas. Não se preocupe. É inofensivo. É uma forma mutante de um derivado de flunitrazepam. Você vai ficar bem.

— Flu-o-quê? — pergunto, horrorizada, minha voz ecoando na cabeça.

*O ruído do mar, girando como uma estática esquisita no rádio...*

*O sangue correndo... As gaivotas guinchando...*

*O rosto de Josh, agora ficando borrado...*

*Ollie, contando em segredo a história da irmã...*

Os JumpJets tocando alto no notebook de Jade, o vídeo mais recente deles no YouTube. "Give what you can, and I'll take the rest/ Do your worst, baby, 'cos I know you're the best..." A bateria eletrônica pulsa e golpeia minha cabeça.

*A Forma na praia...*

*A garota correndo da floresta em chamas, a fumaça envolvendo-a enquanto ela se afasta de mim...*

*A velha encarquilhada na abadia...*

*Os cabelos longos e escuros escondendo seus rostos...*

Continuo tentando focalizar enquanto sinto que vou desmaiar.

— Não podemos permitir que você avise Jade — diz ele. — Sinto muito.

Tento mexer a boca.

Consigo dizer apenas:

— Você...

E aí minhas pernas cedem, e tudo fica preto.

**ALGUM LUGAR, ALGUM MOMENTO**

Ela está apontando para mim.

Estou embarcando nela ao longo da orla, tentando escapar, as rodas sibilando rapidamente. Chuto a traseira e dou um chute girando no ar.

Não, agora estou correndo, e as pedrinhas estão fazendo *swush-swush-swush* sob meus pés. Ouço o mar limpando minha mente e, ainda assim, por algum motivo, não consigo virar a cabeça para olhar.

A paisagem marítima cintila, desbota. Estou à margem do campo enegrecido outra vez, sob um céu avermelhado. A fumaça está suspensa sobre a floresta em chamas, e o cheiro de enxofre está forte e pungente. Ouço sinos, intensos e distantes, como se estivessem anunciando o fim do mundo.

E a garota está correndo através da fumaça indistinta, correndo na minha direção, com os braços bem abertos, o cabelo espalhado e se embolando no rosto enquanto ela corre.

*Um anel de rosas.*

Seu rosto está escondido, mas agora ela para de repente a poucos metros de mim. Eu também paro, respirando com dificuldade, meus olhos pesados.

— O que você quer? — pergunto. — O que você *quer*?

Uma risada suave e tilintante ecoa na minha mente.

E agora a voz *dela*, cantando a música naquele dia na árvore no jardim do orfanato, onde ela parecia tão gentil e tão despreocupada.

*Um bolso cheio de ramalhetes.*

Estou andando em sua direção. Meus pés ficam pesados como chumbo, como na abadia. Agora tudo está misturado: sinos e mar e fogo. Ouço o som das gaivotas como se estivesse em repetição, como se estivesse misturado à cantoria da rima infantil.

*Atchim, atchim, todos nós caímos.*

Dou vários passos à frente e, de repente, estou lá. Estou lá. Estendo a mão, tentando afastar o véu de cabelos.

O rosto dela é...

Eu me sento de repente, gritando.

— Está tudo bem, está tudo bem.

A voz de alguém. Não sei de quem. Estou com calor, respirando rapidamente. Meu coração está martelando, e sinto as vibrações de um motor ao redor. Levo alguns segundos para focalizar o olhar e a mente.

Olho freneticamente de um lado para outro, tentando descobrir onde estou.

— Miranda...? Miranda? Está me ouvindo?

É Josh. Ele entra em foco. Está com a mão sob meu queixo, quase com carinho, fitando meus olhos. Ele assente, e Lyssa — sim, ela também está lá — lhe dá uma lanterna fina.

Ouço uma voz dizendo repetidas vezes:

— Ela estava lá. Ela estava lá. — De repente, percebo que é a minha.

— Abra bem os olhos — diz Josh e fita meus olhos, iluminando cada um com a lanterna. — Iguais e reagindo. Ela está de volta.

Percebo que estou na van, e a professora Bellini está na frente, dirigindo, com Cal no banco do carona. Cal se vira para trás, com os cabelos ruivos soltos, e me dá um sorriso tranquilizador. Isso é estranho. Lyssa e Josh estão no assento traseiro retrátil comigo, e Ollie está no chão com todos os equipamentos de informática e outras tralhas que a professora Bellini arrebanha.

— Que diabos aconteceu?

Minha voz parece um coaxar de sapo, e somente agora meu coração está desacelerando e se aproximando do batimento normal. Josh me dá uma garrafa-d'água, e dou um gole feliz. Quando sua boca fica seca desse jeito, água parece a coisa mais deliciosa do mundo. Eu a sinto escorrer pelo queixo. Tusso e engasgo porque dei um gole longo demais.

Josh me dá um tapinha entre as escápulas.

— Tive que trazer você de volta com um pouco de adrenalina — diz ele, em tom de desculpas. — Foi difícil levá-la de volta à sede. Por sorte, eu só precisava atravessar a rua.

Percebo que há um pequeno adesivo branco absorvente na parte superior do meu braço direito, que está doendo um pouco.

— *Adrenalina?* — pergunto baixinho.

Josh faz que sim com a cabeça.

— Fez você voltar ao normal. Está pronta pra ir? — pergunta ele, segurando meu ombro.

Dou de ombros para afastá-lo.

— Não. Não estou! Como vocês *ousam* me carregar para todo lado, como se eu fosse um tipo de... experimento de vivissecção? O que dá a vocês esse *direito*?

A van sacode de repente e para. A professora Bellini se vira no assento e, com uma das mãos ainda no volante e a outra atravessada na parte de trás do assento do motorista, me dá um sorriso de desculpas.

— Nenhum direito. Mas muitas necessidades. Sinto muitíssimo, Miranda. Vamos tentar não repetir isso.

— Como vou explicar isso à minha mãe? Ela vai achar que estou usando drogas.

— Uma vacina de emergência contra a rubéola — diz a professora Bellini. — Já consegui que uma carta fosse enviada a ela.

— Rubéola? — debocho. — Eu já tive isso. — (E ela nunca escreveu aquele bilhete para eu ser liberada dos jogos, não é?)

— É uma variedade mutante — diz Cal, virando para trás. — Não se preocupe, tudo vai dar certo.

A professora Bellini assente.

— Então, uma briga? — pergunta ela.

Faço outra careta.

— Vocês não confiam em mim, não é? Nenhum de vocês! Apenas porque sou amiga dela. Da Jade.

— Precisamos que você esteja conosco nisso, Miranda — diz a professora Bellini com seriedade. — Precisamos interromper isso e precisamos interromper isso *agora*. Antes que ela provoque um apocalipse.

Sinto um pavor arrepiante. Eu me lembro do rosto de Jade. No píer, estreitando os olhos para mim. Na escola, quando fiquei doente, me pegando pelo braço e me levando para a secretaria. Na casa da árvore. Minha amiga. Aproximando-se de mim, e todo esse tempo...

Não. Não pode ser.

Olho pela janela.

Estou determinada. Algum tempo atrás, decidi ser parte disso, confiar neles e deixá-los entrar. Eles não são os Esquisitos, são meus amigos. Preciso continuar nisso, preciso ter certeza disso. Se essa é a verdade...

Achei que sabia em quem podia confiar. Mas me lembro de todas as vezes em que Jade tentou me afastar dos chamados Esquisitos e sinto raiva agora de talvez ter sido usada, traída.

Faço que sim com a cabeça.

— Vamos lá.

**CONJUNTO HABITACIONAL MILLENNIUM: DOMINGO 13:01**

Paramos no outro lado da rua do Orfanato Copper Beeches.

Está frio. O vento arrasta as folhas e espalha as flores como neve. Nós nos alinhamos, uma fileira de silhuetas — Josh e Cal com seus longos casacos escuros, eu de jaqueta de couro, Ollie em seu casaco de acampamento.

Lyssa fica na van com a professora B. para monitorar as leituras. Estamos usando óculos escuros fechados. Há um motivo para isso. A coisa usa calor e luz, sabemos disso, e os óculos têm lentes com proteção para impedir chamas e flashes. A professora Bellini não quer que nos arrisquemos. Parece que chegamos ao ponto em que essa coisa poderia nos atacar se fosse encurralada. Se a professora Bellini está preocupada, eu também estou.

— Alguma coisa, Miranda? — pergunta Josh.

— Estou tentando uma... percepção aqui. Não vejo nada.

— Ela pode estar escondida — murmura Josh. — Tudo bem. Cal, como vamos fazer isso?

Como sempre, Cal parece calma e confiante.

— Você e Miranda assumem a frente. Entrem com algum pretexto. Ollie e eu vamos explorar pelos fundos. Deve haver uma janela ou um porão ou algo pelo qual a gente consiga entrar.

Meu coração está martelando de novo, mas agora é por um bom motivo. Desta vez não é medo, mas a sensação de ter um objetivo. Dou outro gole na garrafa-d'água, pois minha boca ainda parece uma lixa.

— Certo — diz Josh. — Vamos lá.

Ele e eu passamos pela entrada até a porta, enquanto Cal e Ollie se agacham ao lado das cervas vivas e arbustos para não serem vistos contornando o prédio em direção aos fundos.

Josh e eu marchamos sem falar, nossos passos soando no cascalho. Subimos os degraus até a porta da frente.

— Ainda não temos um pretexto — diz ele, preocupado, estendendo a mão para a aldraba.

Agarro sua mão e o puxo de volta.

— Quem precisa de pretexto?

Pego meu cartão da biblioteca, como fiz quando cheguei pela primeira vez ao Hotel Seaview por meios ilícitos. Josh observa com interesse enquanto enfio o cartão de plástico na minúscula abertura entre a porta de madeira e o portal, mais ou menos na altura em que acho que a trava está. Passo o cartão para cima e para baixo algumas vezes, colando o ouvido e a mão na porta.

Josh está olhando para os lados, nervoso.

— O que quer que você esteja fazendo, posso sugerir para fazer rápido?

Sorrio. É legal eu estar por cima de Josh, para variar.

— A paciência é uma virtude, Joshua — murmuro. Gosto disso. É algo que minha mãe costuma dizer. Não tenho o hábito de citar minha mãe, mas dessa vez foi bem útil.

Ouvimos um clique, e a porta se abre.

— Nada mal.

— Vindo de você, é um elogio.

Ele assente.

— Fique atrás de mim.

— Mas...

— Faça o que estou mandando! — De repente, sua voz está áspera, os olhos frios e cheios de determinação. Ele realmente está falando sério. Mais sério que qualquer outra coisa. — Não quero pôr você em perigo.

Dou de ombros.

— O quarto dela é no primeiro andar — digo. — Caso você queira saber.

Josh assente de novo.

— Está bem. — Ele entra no saguão e eu o sigo, ficando logo atrás.

Agora, estou me sentindo ótima, como se a água e o ar fresco tivessem clareado minha mente. Estou pronta para a ação. Pronta para qualquer coisa. Sinto-me decidida, resoluta. Como se o fingimento e a traição de Jade tivessem me dado uma nova força.

Por sorte, a sra. Armitage não parece estar por perto — ela provavelmente está na cozinha no fim do corredor. Fazendo o máximo de silêncio, Josh e eu começamos a subir a escada.

No meio do caminho, agarro o braço dele.

— O que vamos fazer quando a encontrarmos?

Ele olha para mim, erguendo as sobrancelhas.

— Você não sabe? — pergunta, e aquele meio sorriso prepotente está de volta.

— Não, senão não estaria perguntando!

Chegamos ao topo. Josh mantém meu olhar por um segundo, mas não responde à pergunta.

— Qual é o quarto? — pergunta ele, observando o patamar.

Faço um gesto com a cabeça em direção à porta roxa à frente, no canto do patamar, a que tem um cartaz enorme dos JumpJets e as flâmulas de futebol.

— Aquele.

— Certo.

Ele começa a andar em frente a passos largos, mas eu o agarro e o puxo para trás, quase fazendo ele girar para me encarar. Estou surpresa com a minha força.

— Joshua! — Estou sibilando para ele com os dentes trincados. — Diga o que vai acontecer aqui.

Ele hesita, depois pega um pequeno cilindro amarelo estreito, mais ou menos do tamanho de uma cola em bastão.

Franzo a testa.

— E o que é isso?

— Precaução — responde, e há algo desconfortante no modo como fala.

Quando ele se vira e segue o corredor em direção ao quarto de Jade, vejo-o enfiar o cilindro em um dispositivo prateado brilhante que tirou do bolso e se estende como um tubo retrátil. Um tipo de arma. Meus olhos se arregalam.

No mesmo instante, ouço a porta de incêndio se abrir no corredor e vejo Cal e Ollie correndo na nossa direção. As botas de Cal estão martelando o piso de madeira.

— Faça isso agora e saia! — grita Cal. — Fomos descobertos!

Josh olha para mim uma vez.

A inconfundível voz da sra. Armitage ecoa pela casa.

— Crianças! Com o que vocês estão *brincando*?

Josh dá um passo à frente e chuta a porta de Jade para abri-la. Ela oscila, bate na parede com um estrondo alto e volta, mas ele já entrou.

E agora percebo que as coisas deram errado e que preciso impedi-lo. Ninguém pensou em mim. Eles só me apresentaram uma situação, me disseram que minha amiga não é quem eu penso que é. Parece errado agora, parece que estamos fazendo algo que não deveríamos. O que nos dá esse direito? É Jade. Minha primeira amiga decente aqui.

Grito de raiva e me jogo contra a porta, tirando o equilíbrio de Josh. Ele cambaleia enquanto gira num semicírculo, nivelando o dispositivo.

Ele para. Todos nós estamos respirando pesado. Levamos um ou dois segundos para perceber que o quarto de Jade está vazio.

A janela de caixilho está aberta, e as cortinas flutuam na brisa.

Ollie corre até ela, se inclina para fora e balança a cabeça enquanto vira e olha para Cal.

— Tem um cano.

Permito a mim mesma um leve sorriso. Pois é. Jade não é burra. Ela de fato pegou tudo e foi embora, como disse que faria. Mas para onde? Para onde ela iria? Ela falou da avó em Basildon, mas...

— Droga! — Cal soca e chuta a parede, arrancando um pouco de gesso.

— Cuidado — digo. — Você vai ter que pagar por isso.

Cal se vira e vem furiosa na minha direção.

Agora eu consegui. Não foi uma boa ideia.

Ela me empurra com força, quase me prendendo contra a parede. Juro que nunca vi os olhos verdes dela tão frios e duros de raiva.

— Sua *idiota*... Nós todos poderíamos ter morrido por sua causa!

Minha cabeça está latejando. Não gosto do jeito como Cal está irritada, agarrando minha gola. Sinto minha garganta se retrair de medo. O hálito quente e mentolado de Cal está bem no meu rosto. E não sei se é o medo ou a habilidade psíquica latente que pareço ter, mas as duas obturações nos meus dentes estão *zumbindo*, doendo.

Como eu disse. Felina selvagem perigosa. E agora estou encurralada.

— Largue ela — diz Josh baixinho. — Não é culpa dela.

Cal não olha para ele, mas mantém os olhos de gato em mim.

— Se ela estivesse aqui dentro... imagine o que poderia ter acontecido. Tudo porque *ela* não consegue se concentrar. Eu disse à srta. Bellini. Eu disse que ela não ia prestar.

Estou chocada e olho de Cal para Ollie e depois para Josh.

Josh parece confuso. O dispositivo prateado em sua mão parece incompatível.

— Tivemos que votar se achávamos que você era uma boa contribuição para a equipe. Todos votamos sim, exceto...

Cal se afasta de mim, me soltando. A sensação estranha nos meus dentes começa a diminuir.

— É — diz ela, dando de ombros. — Exceto eu. — Ela não parece arrependida.

— Todos erramos no começo — diz Ollie. Os outros se viram e olham para ele. — Bem, é verdade.

Cal abre a boca, presumo que para dar uma resposta incisiva. Mas ouvimos um barulho na escada e nos viramos ao mesmo tempo.

A sra. Armitage, com o rosto vermelho e resfolegando, está subindo para o patamar na nossa direção. Ela fica estupefata quando me vê.

— Miranda! Pode fazer o *favor* de me explicar o que está acontecendo aqui?

Olho para o quarto, onde Josh está de um jeito envergonhado, tentando esconder o grande objeto prateado que parece uma arma atrás de si — sem conseguir — e volto para a sra. Armitage.

— Sinto muito, sra. Armitage — digo. — Apenas umas crianças idiotas se divertindo.

Passo correndo por ela e desço as escadas, sem olhar para trás. Nem para ela, nem para nenhum deles.

CAPÍTULO 15
# Lacrada

**CÁPSULA: DOMINGO 14:55**

— Não vou fazer isso *de jeito nenhum*!

Sinto raiva. A professora Bellini está sentada calmamente, batucando com a caneta na mesa enquanto me ouve. Josh pode estar tentando parecer indiferente — os pés na mesa como se não ligasse para nada no mundo —, mas claramente parece chateado. Ele não é tão durão, afinal.

Os outros estão abaixo de nós, a distância de uma escada de metal de dez metros, e aposto que me ouviram gritando nos últimos minutos.

— O que estamos *fazendo*? É domingo à tarde. As crianças comuns, ou melhor, "Mundanas", claro — faço um gesto para imitar aspas no ar —, estão jogando futebol, vendo um filme no cinema. O que estamos fazendo? Correndo atrás de *nada*. Uma sombra que não existe. Correndo em círculos em uma perseguição impossível a uma das minhas *amigas*, na verdade.

A professora Bellini solta a caneta como se estivesse irritada com a própria batucada.

— Miranda — diz ela com calma, naquela voz aveludada. Ela parece estar ordenando os pensamentos. — Miranda... estou começando a me perguntar sobre você.

Paro no mesmo instante.

— Está? — Mal-humorada, tiro uma mecha de cabelo dos olhos.

Ela sorri.

— Estou. Acho que tomei uma decisão ainda melhor do que eu pensava ao aceitar você. Sente-se.

— Prefiro ficar de pé. Quero estar de pé quando entregar *isto* a você. — Puxo o cartão das Sombras preto e o jogo sobre a mesa.

A professora Bellini assente e aperta os dedos.

— Joshua — diz ela, espiando sobre os óculos —, talvez você queira explicar esse equipamento a Miranda.

Josh levanta o dispositivo prateado.

— É um, bem, é um inversor de ondas psicotrônicas — diz ele. — Desculpe. Pense nele como uma... arma contra fantasmas.

Cruzo os braços.

— Agora você está *realmente* me enrolando.

— É... o que usamos quando não parece haver outros recursos — diz Josh. — Ele sintoniza os comprimentos de ondas, hum, do subéter e aponta qualquer atividade paranormal. E aí, quando consegue mirar na essência — ele dá um tapinha no cilindro amarelo —, ele captura a fera. Aqui dentro. Como uma mosca no âmbar.

Solto um riso de deboche.

— Mas o que aconteceu com os círculos de sal? E com desenhar um pentagrama no chão e sussurrar "abracadabra, pé de cabra, suma daqui, inimigo"?

A professora Bellini suspira.

— Não *ridicularize*, Miranda. Os métodos antigos, os antigos rituais de exorcismo ainda são usados, mas... — Ela abre os braços e ergue as sobrancelhas. — Existem novas formas de fazer isso. Estamos caminhando na era da tecnologia.

— De qualquer maneira — interrompe Josh —, acho que os círculos de sal são para lesmas. — A professora Bellini e eu olhamos para ele, que dá de ombros. — Desculpe. É que... vocês sabem. Em nome da exatidão.

Levanto o dispositivo da mesa. É espantosamente leve, e consigo segurá-lo com uma das mãos. Com cuidado, ponho de volta sobre a mesa.

— Tudo bem — diz Josh —, ele não vai explodir. Só precisa... ser carregado com cautela.

O que me incomoda é como eles falam desses conhecimentos aos poucos, como se ainda não confiassem em mim para contar tudo o que está acontecendo.

E Cal — felina, predatória, esquiva. Eu pensava que podia começar a confiar mais nela, mas agora ela mostrou as garras.

Neste momento, começo a pensar em algumas das conversas que aconteceram no Controle — ou nas frequências secretas de telefone — quando eu não estava por perto.

Como Cal votando contra mim.

Que outros segredos ela esconde...?

— Miranda — diz a professora Bellini —, você precisa perceber com *o que* estamos lidando. — Ela se inclina para a frente, e seu rosto escuro parece sério. — Essa... coisa que você conhece como sua amiga Jade Verdicchio é velha e perspicaz. Tem séculos de idade. É uma força sorrateira e maligna. Uma força que a maioria das pessoas que você encontra todo dia ignora feliz. Mas nós... nós temos o *dever* de resolver isso. Porque ninguém mais vai fazer.

Faço que sim com a cabeça.

— É, professora Bellini. Eu sei. — Desmorono numa cadeira, sentindo um cansaço arrasador nas pernas e nos braços. Não dormi muito nos últimos dias. — Eu vejo coisas que me fazem questionar... tudo o que sempre conheci. Mas tudo é tão *novo* pra mim.

Ela sorri.

— Também foi novo para mim um dia, Miranda. Mas preciso saber se você está conosco. Preciso saber se podemos contar com você. — Ela me fita com os olhos escuros rudes, me obrigando a olhar para ela.

— Pode contar comigo, professora Bellini.

— Você é amiga de Jade, sabemos disso. Se tem alguma coisa... qualquer coisa... que você está escondendo, algo que possa nos ajudar...

*Basildon*. Isso fica em Essex, não é? No outro lado de Londres. Duas horas ou mais de distância. Eu me pergunto qual será o nome da avó dela. Se é mãe do pai, então... bem, não pode haver tantos Verdicchios em Basildon.

Hesito.

— Eu aviso se souber de alguma coisa, professora Bellini.

Por que fiz isso? Não sei. Algo não está certo, foi por isso. Algo não me convenceu totalmente. O modo como estão me tratando, em especial o modo como Cal reagiu, faz com que eu queira manter essa pequena informação para mim, como algo que pode ser útil.

A professora Bellini me encara por um ou dois segundos.

— Tudo bem, Miranda — diz ela baixinho.

Ouço um clangor na escada, e os outros se unem a nós, Cal com uma braçada de papéis enrolados.

— Só uma ideia rápida — diz Cal e desenrola um mapa detalhado de Firecroft Bay e do porto. — Josh, fale sobre isto.

— Ah, sim. Esses mapas velhos. Peguei nos arquivos. Estou tentando mapear onde as linhas Ley convergem... para ver onde nossa Animus errante pode parar. — Ele olha para mim, com um sorriso charmoso, tentando me atrair de volta. — Está com a gente nessa, Miranda?

Dou de ombros.

— Certo — diz Cal. Ela me lança um olhar de alerta. — Onde você viu a coisa no parque?

Aponto, relutante, para o canto sul do Parque Craghollow. Lyssa se inclina e coloca um X ali com um marcador vermelho.

— Então, ela pegou energia da escola e da área ao redor. — Lyssa desenha um círculo ao redor da nossa escola.

— E da abadia.

Lyssa desenha outro círculo vermelho.

Acho que estou começando a ver aonde isso pode chegar. Olho para Josh, me perguntando se ele teve o mesmo pensamento, mas não consigo decifrar.

— A drenagem de energia que estamos rastreando há semanas — diz Lyssa. Ela marca mais três cruzes vermelhas no mapa, todas sobre ou ao redor do Conjunto Habitacional Millennium. Encaramos o mapa, as cruzes que agora estão formando um círculo.

— Alguma coisa conectando as marcas? — pergunto.

Cal olha para cima, sorrindo. É quase como se ela tivesse se esquecido do momento de raiva.

— Tem. Lyssa?

Lyssa marca mais uma cruz no mapa — em um prédio grande, bem no meio do círculo de cruzes.

— A estação de energia — digo.

— Eles também fornecem energia verde para os Ônibus Bartram — diz Ollie. — A empresa que transporta os alunos.

— Lugares que também têm ligações com a Peste — diz Josh. — Os Crag Hollows, onde queimavam as bruxas, e a abadia, onde as vítimas eram enterradas...

— Tudo está começando a fazer sentido — digo.

Josh assobia baixinho.

— Sabe — diz ele, olhando para mim —, essa coisa psíquica é muito legal. Mas, às vezes, não dá para superar o bom e velho trabalho de detetive.

— É — diz Lyssa, toda alegrinha. — Nem todos nós podemos usar os brinquedinhos.

Josh sorri, pega o zapeador de fantasmas e aponta para Cal de brincadeira.

— Coloco-vos na noite eterna — diz ele.

— Não faça isso. Nem de brincadeira. — Cal o empurra para longe. — Srta. B., fale com ele.

— Joshua — diz a professora Bellini baixinho.

— Desculpe.

— Mas quando? — pergunto, de repente.

Todo mundo se vira para me olhar.

Dou de ombros.

— Está tudo muito claro quanto ao provável *onde* — observo. — Mas não podemos vigiar o lugar todas as noites e esperar. E, pelo que vocês me disseram, parece que a polícia não é de muita ajuda nessas situações. Então, quando vai acontecer? — Olho ao redor, para todos eles. — Bem, alguém tem alguma ideia? Porque eu tenho.

A professora Bellini, em sua defesa, não faz nada além de levantar uma sobrancelha.

— Compartilhe, Miranda — diz ela. — Mas, primeiro...
— Ela empurra meu cartão das Sombras sobre a mesa de volta para mim. — Acho que não vai desistir *agora*, certo?

Seguro o cartão com o dedão e o indicador por alguns segundos.

— Ainda não — digo e o ponho de volta no bolso da minha jaqueta. — Então... quem quer ouvir minha teoria?

Todos se entreolham e depois olham para mim.

— Mas, antes de eu falar, não quero mais mentiras. Chega de meias verdades. Nada de ninguém me dizer como vocês lidam com as coisas, e *chega* de tranquilizantes idiotas secretos!

Olho para Josh furiosa. Ele levanta as mãos de maneira defensiva.

— Não foi ideia minha — diz ele em uma voz triste e olha furioso para Cal, que desvia o olhar.

Ceeeerto. *Anotado*. Obrigada, Josh.

— Parem de duvidar de mim — digo. — De agora em diante, eu participo de *tudo*. Entenderam?

Por incrível que pareça, ninguém ri.

Acho que eles sabem que estou falando sério.


**DATACORE: DOMINGO 15:15**

Todos nos reunimos ao redor da mesa do computador principal. Ollie está no teclado.

— É bom você estar certa sobre isso, Miranda — diz Cal.

— É o seguinte, Cal: se eu estiver errada, você poderá me expulsar, está bem? E eu volto a ser uma bela Mundana, comendo fritas, jogando rounders e fora do caminho de vocês. Está bom assim? — Sorrio com doçura.

— Garotas! — diz a professora Bellini com firmeza.

Trocamos olhares penetrantes e voltamos a atenção para o computador.

— O que foi? — Lyssa está inclinada sobre o ombro de Ollie.

— Nada. — Ele está batucando as teclas e clicando o mouse, abrindo uma janela atrás da outra. — Apenas um errinho no programa. Acho que algo entrou no Image-Ination. Estou consertando.

— Pensei que tínhamos um firewall adequado — diz a professora Bellini, preocupada.

Lyssa dá de ombros.

— Bem, eles ficam cada vez mais espertos.

— Bem, aqui está. Descobri. — Ollie pôs algumas informações na tela. Parece um site de acesso restrito. Não sei como ele fez isso, mas estou impressionada. — Vamos lá. A nova estação de energia centralizada para toda a região do Centro-Sul da Inglaterra... começará a funcionar à meia-noite... *De hoje!* Uau. Miranda, você está certa.

Tento não parecer convencida.

— Não se surpreenda tanto. Havia uma notícia outro dia no jornal. Eu só somei dois mais dois. Então, ela assume a rede elétrica... o que isso significa?

Ollie ergue o olhar.

— Bem, a estação de energia foi construída. Ela é toda automatizada e está pronta para ser ligada. Quando isso acontecer, centenas de milhões de circuitos elétricos computadorizados se concentrarão em um registro central, e a energia vai aumentar e sair de lá, provavelmente no formato de teia.

— E nossa amiga — murmura Josh — será a aranha.

Cal está de pé no outro lado da sala, estranhamente calada durante esse tempo. Mas agora seus olhos estão brilhando.

— Então temos que impedir isso — diz Cal. — Ela. Não importa. Precisamos ir para lá agora. — Ela olha para a professora Bellini. — Senhorita?

Ainda não sei que conexões escusas a professora Bellini tem com as autoridades, mas parece que ela consegue mexer seus pauzinhos quando precisa. No entanto, não somos uma organização oficial — o governo nem gosta de admitir que existimos, pelo que ela me falou. Então, talvez tudo seja feito com discrição, em envelopes pardos em esquinas de ruas. Ou talvez ela tenha coisas incriminadoras sobre um ou dois ministros. Sinceramente, acho melhor não perguntar.

A professora Bellini ergue o olhar e sorri.

— Vou cuidar dos... procedimentos necessários — diz ela.

**ESTAÇÃO DE ENERGIA: DOMINGO 23:16**

A van está estacionada na entrada. Estamos subindo os degraus, organizados em uma fila liderada pela professora Bellini.

Todos nós queríamos chegar aqui mais cedo, mas ela teve que tirar os funcionários do lugar e pedir autorização para entrarmos.

A parte principal do prédio parece um enorme tambor de aço, do tamanho de um estádio de futebol, brilhando à luz da lua. Algumas chaminés apontam para cima, como guardas gigantes, e na frente há uma confusão de blocos administrativos de aço e vidro que parecem ter sido espetados ao acaso, com uma escada ampla de degraus de pedra levando até as portas de vidro da entrada.

Eu me sinto importante, mas também assustada. Estou com uma sacola de brim jogada sobre os ombros, repleta de algumas coisinhas que peguei na sede — nunca se sabe quando elas serão úteis. Estou tentando ignorar o som abafado na minha cabeça e ignorar os ruídos e sombras estranhos ao meu redor. Não tenho certeza se estou conseguindo.

— Onde estão os funcionários? — pergunto, confusa pela escuridão do local e pelo estacionamento vazio abaixo de nós.

— Os funcionários saíram para um treinamento de incêndio bem conveniente. — Ela gesticula através das portas de vidro, que se abrem para nós. — Então, temos apenas um segurança e uma grande rede de computadores.

Quando entramos no saguão, vemos que está iluminado por uma luz alaranjada suave que sai de discos brilhantes no teto e formam longas sombras oscilantes. Há uma forma sombria atrás da mesa. Meu coração para por um segundo, mas depois vejo que é um segurança vestido num uniforme azul e com um crachá que diz RAY. Ele se levanta quando entramos.

— Posso ajudá-la, madame? — pergunta ele, olhando para a professora Bellini com um certo respeito, depois para nós com uma expressão de dúvida.

A professora Bellini lhe mostra seu passe oficial do governo.

— Anna Bellini, operações especiais. Quero que toda esta instalação seja lacrada imediatamente. — Ela entrega ao segurança um maço de papéis amarrados. — Pode ver que tenho autorização irrestrita.

Sinto muito por Ray. Aposto que ele achou que teria uma noite tranquila, talvez fizesse um pouco de chá e ouvisse o rádio. Ele dá uma olhada nos documentos da professora Bellini com uma lanterna.

— Ninguém me avisou — diz ele.

A professora Bellini lhe lança um sorriso fino e rápido.

— Talvez eles não tenham achado que você era importante — sugere ela.

Ela a fita com raiva e pega o telefone.

— Tenho que verificar.

— Eu ficaria desapontada se você não fizesse isso. — A professora Bellini tira as luvas e olha ao redor. — Algo acontecendo aqui hoje à noite?

Ray dá de ombros.

— Uma daquelas fugas de energia outra vez. O computador está fazendo backup, mas a maior parte do prédio está em stand-by.

— Achei mesmo que estava escuro — murmuro, olhando pela janela de vidro mais distante, fitando o tambor de aço escuro da estação de energia.

— É — diz Ray, enquanto aguarda ao telefone. — Não é uma boa ideia subir lá.

— Ah, estamos bem-preparados, obrigada — diz a professora Bellini com um sorriso. — Você, hummm, pode tirar o restante da noite de folga — acrescenta para Ray.

Ele parece em dúvida.

— Não posso fazer isso, madame. Há mais em jogo do que meu emprego. — Ele assente. — Estarei na sala dos fundos tomando um cafezinho, se precisarem de mim. — E se afasta, balbuciando algo.

— Esplêndido! — exclama a professora Bellini com um sorriso tenso. — Lyssa, Ollie... aprontem o equipamento. — Eles assentem e se apressam até a mesa no saguão para pegar os equipamentos de informática e outras parafernálias científicas. A professora Bellini faz um sinal com a cabeça para mim, Cal e Josh. — E vocês três: vamos subir.

Sinto um tremor de perigo, ansiedade, medo.

— Vamos? — pergunto. — Mas...

A professora Bellini tira quatro velas em candelabros de metal da sacola e as entrega para mim, Cal e Josh, mantendo uma consigo.

— Nada de lanternas? — pergunta Josh, surpreso.

— A Animus pode sugar a energia elétrica — lembra ela, de forma resumida e, riscando um fósforo, acende as velas em um movimento rápido e inteligente.

— Se essa coisa tentar entrar — murmura Josh, olhando para os tetos altos —, a gente vai saber.

Ele balança a mala grande que trouxera e a põe sobre o assento mais próximo com uma pancada.

— U-hu! — Cal indica as leituras no ressonador, que ela estava balançando para todo lado. — E eu rastreei o prédio inteiro em busca de traços piroelétricos quando entramos. Ninguém aqui, exceto nós, os caça-fantasmas. — Ela sorri. — Eu sempre quis dizer isso.

Não consigo evitar de sorrir junto.

Lyssa e Ollie estão agachados ao lado da mesa, com um conjunto complexo de equipamentos perto deles. Parece uma pilha de entulho — dois notebooks antigos, alguns microfones e um rádio, tudo preso com fios multicoloridos e silver tape e unido com clipes jacaré a um... a um... o que é aquilo?

— O que é essa coisa com uma telinha que forma linhas verdes ondulantes? — pergunto a Lyssa, apontando com a cabeça.

— É um osciloscópio — responde ela.

Claro. Como eu poderia me esquecer?

— Essa... bagunça é meio tecnologia de segunda, né? — pergunto. — Vocês construíram?

Ela sorri para Ollie.

— O Garoto Geek fez.

— Caramba! — Estou impressionada. — Desculpe por eu ter chamado de bagunça.

A professora Bellini se aproxima.

— Alguma notícia? — pergunta.

Lyssa balança a cabeça.

— Nadinha.

A professora Bellini suspira e olha para o relógio de pulso, depois abaixa o olhar para mim.

— É melhor isto não se tornar uma perseguição impossível.

Não recebi nenhum sinal de vida de Jade. Começo a me perguntar se ela desapareceu da face da Terra.

Ou desta realidade.

Mas algo está realmente me incomodando nesta coisa toda.

Percebo que é isso que meu cérebro faz de vez em quando. Tem uma sensação profunda e sombria de que algo está errado. Mistura pensamentos, sonhos e instintos. Como se me enviasse uma mensagem e me dissesse para sair da frente de um caminhão desgovernado. Como se me ajudasse a olhar além da figura sombria no parque para ver o feitio de uma garota...

*Mas seu rosto... Seu rosto...*

A preocupação passageira...

Deixando Ollie e Lyssa no saguão, Cal, Josh, a professora Bellini e eu adentramos o prédio. A escuridão é total.

Não há luzes de emergência aqui — apenas o brilho das nossas velas. Há um odor de fumaça e cera quente sobre o cheiro de novo, plástico e químico, e as sombras dançam. Olho por cima do ombro a cada segundo.

Há um amplo átrio central com piso de mármore, escadas rolantes bem em frente, ladeadas por uma cascata, e uma grande coluna central de vidro com elevador de metal. Também há uma escada em espiral metálica. O ambiente tenta parecer moderno e antiquado ao mesmo tempo.

Estico o pescoço e levanto a vela. A professora Bellini arrisca acender uma lanterna elétrica por um segundo, e vemos que o átrio sobe até o topo do prédio. Nos diversos andares, folhagens de trepadeiras vermelhas pendem das sacadas cintilantes cromadas.

— Vamos — diz a professora Bellini —, o pico de energia está programado para a meia-noite. Precisamos estar bem no topo do prédio.

Com as velas erguidas, começamos a subir as escadas. A professora Bellini vai na frente e indica que eu devo segui-la. Josh está atrás de mim, e Cal fica na retaguarda. As velas tremeluzentes dão aos nossos rostos um brilho sobrenatural.

É isso. O que quer que esteja acontecendo, o que quer que seja a Animus, vamos descobrir agora.

**COMPLEXO CENTRAL DE ENERGIA: DOMINGO 23:45**

Bem abaixo de nós, as luzes espalhadas da cidade brilham como joias alaranjadas. O pulsar rítmico do farol brilha através da baía, mostrando ondas tempestuosas em seu facho de luz. Devagar, algumas luzes distantes se movem pelo mar, provavelmente uma balsa noturna.

Sei que este é um lugar especial. Ali, na escuridão, está a Inglaterra — a bela, dividida e antiga Inglaterra, com suas pedras verticais, suas lendas, suas bruxas e seus magos. E cá estamos nós, crianças do século XXI, tentando dar sentido a tudo com nossos computadores e iPhones e MP3 players.

Às vezes tremo de medo em relação ao que aconteceria se o mundo moderno simplesmente desaparecesse. Se tivéssemos que voltar a assar carneiros em fogueiras, varas e lama, riscando pedras contra rochas. Lidaríamos com isso bem pior do que qualquer pessoa dos séculos anteriores. Todas aquelas antigas habilidades agora estão perdidas. É como se o tempo e o progresso estivessem nos impulsionando para a frente rápido demais.

Afasto o olhar da vista e encaro o ambiente, segurando a vela no alto para ver o máximo possível.

Estamos em uma câmara octogonal com uma janela em duas de suas paredes. Uma plataforma de observação com parapeito circula todo o ambiente. No centro rebaixado da sala há um arranjo octogonal de oito computadores ao redor de uma coluna central. Em cada ponta do octógono há um globo de vidro sobre uma coluna preta, todos arranjados como uma imitação moderna de um círculo de pedras. Eles estão ligados a oito terminais de energia separados, cada um fornecendo energia para uma parte diferente da Costa Sul. A professora Bellini está olhando com atenção para cada um deles, espiando embaixo, fazendo anotações em uma prancheta. No teto, há um relógio digital vermelho, contando horas, minutos e segundos. Agora ele mostra 23:46:03.

Lá no alto, os ventos uivam e atingem o prédio; é como estar em um castelo medieval frio, antigo e rangendo. Quem é o proprietário?

Cal está andando de um lado para o outro, enviando mensagens, com a vela em uma das mãos e o celular na outra. Seu cabelo vermelho brilha à luz das velas.

Josh se aproxima de mim hesitante.

— Tudo bem?

Faço que sim com a cabeça, meu rosto rígido de tensão.

O celular de Cal apita. Todos nós pulamos.

Ela ergue o olhar para a professora Bellini e para Josh, e faz um sinal com a cabeça para cada um. Percebo, chateada, que não faz para mim.

— Eles pegaram alguma coisa — diz ela. Há uma pausa. Depois: — Sério? Aqui...? É melhor deixá-la entrar.

Meu sangue congela.

*Deixá-la entrar.*

Alguém chegou, e eles vão deixá-la entrar. Que diabos está acontecendo agora?

E é aí que tudo começa a ficar enlouquecido.

Cal põe o celular em viva-voz.

— Ollie? Fale com a gente.

— Muitos padrões de perturbação! — diz Ollie. — Deve estar bem em cima de vocês!

Meu sangue congela com o modo como ele diz. Isso é ruim. Tudo está acontecendo ao mesmo tempo.

Não sei se estou imaginando, mas o ambiente começou a ficar mais escuro. A luz alaranjada desbota até ficar quase vermelha, as sombras ficam mais longas, como se estivéssemos banhados em sangue. Há um silêncio tão profundo que parece ressoar nos nossos ouvidos.

E então eu ouço.

Vozes sussurrantes. *Shush-shush-shush-asss-isss-hsss.* Não consigo entender as palavras, mas o som é bem claro. Uma voz feminina canta talvez até seja em latim. Cantando. Envia calafrios ao meu sangue e me faz enfraquecer como se... se o tempo e a escuridão estivessem trabalhando em conjunto para escoar a energia de mim...

Tento me concentrar.

Olho ao redor, para os outros.

— Alguém consegue entender o que ela está dizendo?

Eles não respondem de imediato. Josh e Cal se entreolham, alarmados.

— Está ouvindo, Miranda? — pergunta a professora Bellini com gentileza.

— Estou. Claramente. Quer dizer, não sei o que ela está dizendo, mas ouço a voz. — Olho direto para ela, percebendo tudo de repente. — Não está ouvindo?

A professora Bellini balança a cabeça. Por algum motivo, ela está com o celular na mão.

Olho para Josh e Cal.

— *Vocês* não estão ouvindo? — pergunto a eles.

Josh baixou ligeiramente a cabeça e olha não para mim, mas para a professora Bellini.

— Não é justo — diz ele. — Precisamos parar isso agora.

Algo muda na sala, e eu me sinto como se estivesse atuando num palco, agora. Tudo parece *errado*, artificial.

Então meu corpo fica muito gelado e muito quente, tudo ao mesmo tempo. E meu cérebro entra em ação.

Estou de pé nas sombras, no centro da sala, fitando meus amigos. Não entendo o que está acontecendo.

Josh parece envergonhado. A professora Bellini parece desconfortável. Mas Cal — ela está com aquela confiança indiferente e ameaçadora de sempre. Ela se afasta da parede onde estava encostada e começa a andar a passos largos pela sala, nunca tirando os olhos de mim.

— Eu não... lhe contei a verdade antes, Miranda — diz Cal baixinho. — Na verdade, muitos de nós não lhe contamos a verdade por um bom tempo. — Ela olha para a professora

Bellini em busca da aprovação, que vem na forma de um aceno de cabeça.

Agora estou em pânico.

— O que é? O que você quer dizer?

— Deixamos essa farsa continuar por um único motivo — diz Cal. — Para deixar a Animus achar que tinha vencido, e aí a gente poderia pegá-la e prendê-la.

— Farsa? O que você quer dizer?

— Você me perguntou se ela já estava aqui. E eu disse que não. E talvez essa tenha sido a resposta certa, em um sentido. Mas, em outro, bem, talvez eu devesse ter dito sim. Não deveria?

Ela olha para mim da balaustrada, os olhos verdes tão claros que quase me queimam.

— Na verdade — diz ela —, ela está conosco há bastante tempo. Antecipando nossos movimentos. Gostando de nos provocar enquanto esperava a hora certa.

*O que ela quer dizer com isso?*

Seu rosto pálido parece triunfante.

— Como ela sabia, Miranda? — diz ela baixinho. — Como a Animus se manteve um passo à frente?

Eu recuo, colocando a mão sobre a boca.

— Sabe, essa Animus é muito *esperta* — diz Cal. — Teve que aprender a se adaptar, a sobreviver. Ela pode existir em todo tipo de comprimento de onda diferente, fora do mundo físico. Sabemos disso: nós já vimos isso acontecer. Ela meio que tenta se sintonizar. Ela pode viver dentro dos dados: ela pode *corromper* os dados.

— Ela... pode? — pergunto, fraca.

— Ah, sim. Ela pode alterar a natureza de um programa de computador, por exemplo. Manipular os resultados para que eles pareçam totalmente enganosos. Ela está brincando com as pessoas que estão tentando caçá-la. Fazendo de fantoches. *Rindo* delas.

— Certo, Cal — diz Josh de repente. — Já chega.

— Ah, não — diz Cal. — Não é *suficiente*. Ela precisa saber. Mas acho que, de alguma forma, ela já sabe.

Tremendo, com calafrios e queimando, encaro Cal. Atrás dela, o relógio marca **23:48:07**.

O tempo está correndo até a meia-noite.

— Você — digo eu. — Não é Jade, é *você*.

Olho desesperadamente para Josh em busca de ajuda. Ele está apático. A professora Bellini também.

Cal abre bem a boca e ri, *ri* como se eu tivesse contado a piada mais engraçada do mundo.

— Não seja tão burra — diz ela.

Josh se aproxima.

— Miranda — diz ele. — Você precisa entender. Isso é muito difícil para você, mas... descobrimos que a Animus... a Forma... como você quiser chamar... tinha estabelecido um vínculo psíquico com alguém em Firecroft Bay. Que era uma forma feminina, e que *algo* estava lhe dando força e vida.

Atrás deles, vejo algo acontecendo.

Alguém está subindo pelo elevador.

A fileira de números verdes sobre a porta, de 1 a 20, está acendendo um por um. Está no 3 e subindo constantemente.

— Continue — digo devagar.

Sinto meu pulso latejando nos ouvidos.

Como um alerta. Como um sinal de perigo.

*Ba-bum. Ba-bum.* Cada fio, cada elemento está se unindo, aqui, agora, nesta sala no topo deste prédio.

O elevador agora está em 4... 5... 6... Eu me pergunto se Josh, Cal ou a professora Bellini perceberam.

— Eu me fiz a mesma pergunta — diz Josh. — O que mudou aqui nas últimas semanas? E aí me perguntei: onde quer que essa coisa tenha sido vista no mundo físico, onde quer que ela estivesse mais forte, qual era o vínculo?

*Ba-bum. Ba-bum.*

— Este lugar — respondo. — É óbvio. Uma fonte de energia renovável. Por isso estamos aqui. Ela se alimenta da energia elétrica. Certo?

Sobre o elevador, os números dos andares continuam aumentando.

8... 9...

— Certo — diz Josh. — Mas tem outra coisa. O único elemento que sempre foi comum a ela, a única coisa que sempre a seguiu, o único fator chave determinado que sempre parecia estar lá, fazendo a ponte para essa coisa. O vínculo psíquico. O portal. *Alguém que tinha acabado de chegar aqui.*

11... 12...

Josh me olha sem piscar. Com tristeza.

E é como se alguém me dissesse algo novo e, ao mesmo tempo, de alguma forma, eu sempre tivesse sabido; é como aquela ilusão na qual, se você encarar por tempo suficiente, verá uma velha encarquilhada ou uma jovem, ou ambas. Ou como aqueles livros de olho mágico, em que uma imagem tridimensional pula na sua direção, estando e não estando ali ao mesmo tempo, saindo para o mundo real e se moldando no espaço.

14... 15...

— Você, Miranda May — diz Josh. — É você. Sempre foi você.

A coisa. A Forma. A Animus.

Sou eu.

Meu inimigo sou eu.

CAPÍTULO 16
# Ponto crítico

Onde estou? Estou em parte aqui, na estação de energia, e em parte na orla.

Ouço as gaivotas guinchando e o som da arrebentação ao caminhar, em câmera lenta, arrastada pelas minhas pernas pesadas. Meus olhos turvos se esforçam para focalizar enquanto eu a encaro.

*Ali.* Uma capa longa e escura, oscilando como uma bandeira tendo como pano de fundo o mar cinza-ardósia. O real muda e se retorce, e ela está de pé em frente à floresta em chamas outra vez, a fumaça pintando de preto o céu azul. Sinto o cheiro da fumaça — irritado, pungente, fuliginoso e sulfúrico.

A Forma não se mexe. Mas é mais do que uma coluna cintilante. É uma figura encapuzada. Chego mais e mais perto, até que estou de pé e a encaro.

*Você me salvou,* digo em pensamento. *Na rua em frente à cafeteria.*

A Forma ergue o olhar.

Os cabelos longos e escuros emolduram um rosto pálido, como fez naquela visão. Mas, agora, ela não tem a pele amarela e as pústulas inflamadas. Seu rosto é pálido como a lua, e os olhos desbotados brilham com uma luz sobrenatural. A boca é uma linha vermelha larga, e ela está *sorrindo*.

— Eu quase tenho você — murmura ela. — Quase.

Estou ajoelhada no chão do Complexo de Energia.

— Tive medo. — Ouço minha voz soluçando. — Medo até de dormir. Ela vem no escuro. Vem nos meus sonhos!

— Nós sabemos — diz a professora Bellini com suavidade.

E agora Cal aperta um botão no seu celular. Ouço um bipe, e, um segundo depois, os oito globos em círculo se acendem, crepitando, azuis. *Luz fantasma*. Eu me lembro da abadia. Eles formam um anel de poder, me cercando, me mantendo em segurança...

Não. Claro que não. Não em segurança.

*Me mantendo presa.*

A coluna central também está brilhando com suavidade, além das telas dos computadores.

— Fique parada, Miranda — diz a professora Bellini. — Vamos ajudar você. Vamos conversar com ela.

Estou tremendo. Sinto meu corpo se retorcer, minhas costas arquearem enquanto algo me força para baixo.

Estou deitada no chão, meus braços tendo espasmos descontrolados. Sinto minha boca se abrir, ouço um eco de grito sobrenatural sair dela. Há um cheiro forte, pungente, de algo se queimando.

— Conversar com ela? — ouço-me grasnar e tento levantar a cabeça por entre minha franja suada e descabelada. — Como vão fazer isso?

18... 19... 20.

O elevador apita.

As portas começam a fazer barulho para abrir.

Um fio estreito de luz surge entre as portas, escapando em um arco, depois um quadrado ofuscante de claridade. A porta do elevador emoldura uma figura sombria. Estou tremendo e suando de pavor.

A luz transborda para a sala, e eu grito alto.

A figura alta saiu do elevador, num terno escuro, com cabelos macios sobre os ombros, uma luz refletindo em seus óculos. A professora Bellini, Cal e Josh — eles sabiam que ela estava vindo, é claro que sabiam — se viram e olham para ela enquanto atravessa a sala.

*Claro.*

Agora tudo faz sentido. O que a professora Bellini disse a Lyssa no celular. *É melhor deixá-la entrar.*

Olho para cima. Encaro os sapatos, a saia esvoaçante, a jaqueta, as pulseiras de metal. Olho mais para cima e vejo aquele rosto familiar e aquele sorriso, aquela boca que beijou minha testa e leu histórias para eu dormir em quatro mil e trezentas noites.

— Miranda — diz minha mãe, agachando-se e pegando meu rosto com as mãos frias. — Tudo vai ficar bem.

**COMPLEXO CENTRAL DE ENERGIA: DOMINGO 23:51**

A coluna, os globos e as telas pulsam gentilmente em harmonia.

Ela está aqui.

Quase sem alarde, ela apareceu dentro do círculo de globos. Uma figura alta e escura que oscila e muda — de velha encarquilhada para jovem e depois para a garota com pele e boca arruinadas.

Devagar, a Forma e eu circulamos uma a outra. Observadas por Cal, Josh e a professora Bellini.

Minha mãe também está no círculo. Destemida, ela anda com calma perto da Animus.

Eu não deveria ficar surpresa por minha mãe estar sintonizada com algo assim. Tive muitas dúvidas sobre seus poderes e seu conhecimento, mas ela sabe o que está fazendo. Por isso eles pediram para ela estar aqui. E o quanto será que ela sabe? Afinal, meu dom veio de algum lugar.

A Animus está ali, mas ainda não está ali. Posso senti-la, parte de mim mas não sou eu, como se ela fosse um reflexo sombrio em um espelho mortal, um espelho negro e brilhante para as profundezas de outra dimensão.

A Animus tremula, tentando se estabilizar.

Ela não é feia. Na verdade, é bem bonita. Seu rosto parece imortal, a pele branca como porcelana e tão fina que vemos as veias através dela. Os olhos ainda têm um brilho sobrenatural, mas consigo ver agora que eram originalmente cinza-ardósia, quase azuis. Os lábios avermelhados são finos e esticados como um arco, com rugas ao redor da boca que surgiram do sofrimento, e não dos risos.

A Animus fecha a capa ao seu redor e, conforme anda, deixa rastros, como imagens residuais — como se ela não estivesse bem-sintonizada no tempo. Sua respiração é rouca e irregular. Parece amplificada, quase metálica, como se estivesse sendo transmitida por um microfone.

— Fale quem você é — diz minha mãe, gentilmente. Seus dedos estão estirados como se ela estivesse tocando na Animus, mas não está. — Conte por que você está aqui.

Tenho menos medo dela, agora que minha mãe está aqui. Ainda não tenho muita fé nos poderes de cura nos quais ela acredita, mas, de alguma forma, o fato de *ela os ter* torna tudo mais suportável.

Mesmo assim, quando chega, a voz ainda me atinge e me sacode.

Sinto as reverberações, como se ela estivesse falando através da minha própria laringe. Olho em pânico para a minha mãe, mas ela levanta a mão com gentileza para me acalmar. A voz não é agitada, mas ainda é hostil e horrível, como se tivesse sido queimada.

— Nasci com o nome de Katherine Mary Brampton, em uma pequena aldeia de Essex no ano da Revolta dos Camponeses. Ano 1381 do nosso Senhor. Sou algo mais, mas sempre permaneci Katherine.

— Conte sobre a sua família — pede minha mãe.

— Meu pai morreu depois da Batalha de Smithfield. Minha mãe, dez anos depois. Ninguém se importou, pois alguém já a havia marcado como bruxa. Ninguém cuidou de mim. *A filha da bruxa.* Talvez eu também fosse uma bruxa. Fugi para a floresta. Catei comida, cacei. Até que um dia, aos treze anos, eu vi as pústulas começando a se formar na minha pele.

Engulo em seco. Não sei o que dizer.

— *Um anel de rosas* — sibila ela. — Entende agora?

Ouço Josh dizer baixinho:

— A Peste. Sim, nós descobrimos isso. Algum tempo atrás.

— Achei que estava destinada a *morrer.* Tantos séculos atrás. Ali, no meu acampamento imundo. Apenas mais uma garota com a Peste Negra. Ela estava por toda parte. Tanta carne apodrecendo. Corpos em pilhas altas, não havia tempo para enterrá-los. O enxofre queimando no ar. Dava para sentir os incêndios a quilômetros de distância. A morte ao vento. Então, certo dia, ao amanhecer, os cavaleiros vieram.

— Cavaleiros? — É a professora Bellini quem repete.

Minha mãe olha para ela.

— Anna — diz minha mãe, como se a mandasse ficar quieta.

Mas a Animus — Katherine — responde.

— Cavaleiros em armaduras. Com a pele escura. Carregando tochas incandescentes. Até hoje não sei quem eles eram. Mercenários, talvez. Mas a intenção deles era clara. Queimar a floresta e tudo o que estivesse nela. Acordei com o barulho dos cascos, e, antes de eu conseguir fugir, as primeiras chamas abrasadoras tinham começado a engolir meu acampamento.

A floresta em chamas. A imagem marcada no meu cérebro meio acordado, meio adormecido.

— Mas você não morreu — diz minha mãe.

— O fogo... — Ela faz uma pausa. — O fogo passou *através* de mim. Um fogo quente como o inferno me queimou. Eu tinha certeza de que me encontraria com o Demônio, pois sabia que não era uma criança religiosa. *Eu sabia que ia para o inferno.* — Seus olhos se abrem de repente. — Mas eu comi o fogo. Eu havia... me tornado sobrenatural. Ou talvez eu sempre tivesse sido assim. Quem sabe? Disseram que minha mãe era uma bruxa. Talvez eles estivessem certos. Isso é tudo o que sei. Eles queimam bruxas, não é? Bem, fiquei parada no meio do inferno, senti o fogo queimar ao redor, senti o cheiro da fumaça e respirei o carvão imundo das árvores destruídas e da terra queimada, *e sobrevivi*. O fogo me deu forças. Voltei à aldeia, deixando um rastro de fumaça no caminho. Meus pés deixavam pegadas negras de cinzas no chão.

*Uma garota correndo da floresta em chamas, a fumaça rodeando como fantasmas. A garota e a Forma, Katherine e a Animus, tudo uma coisa só. A filha da bruxa, o demônio.* Todos nomes que as pessoas dão às coisas que não conseguem compreender.

A dor e a fraqueza me puxam para baixo, me forçando a cair no chão da sala. Não consigo aguentar muito mais. Ela está se fortalecendo.

Ela continua:

— As pessoas me viam e fugiam. Um homem tentou me matar com um machado. Ele me atravessou como se fosse uma brisa de passagem... Vocês têm alguma ideia de como esses camponeses eram simplórios? Como eram facilmente manipuláveis por histórias de inferno e apocalipse? Eles *acreditavam* no Demônio naquela época. O Demônio era real. E, pelo que eles sabiam, eu não era apenas a filha de uma bruxa, eu era a Filha do Demônio.

Engulo em seco, sem saber o que dizer. Estou tremendo, enjoada, com frio e cansada. Ela me circula, e eu quase consigo sentir seu corpo puxando o meu.

Estou me tornando ela.

— Então — continua ela —, depois da minha primeira morte, eu podia ir aonde quisesse, fazer o que bem entendesse. E foi assim que continuei até hoje. Expelindo o calor do meu corpo quando era excessivo e o absorvendo outra vez de algum lugar quando era necessário. — Ela faz uma pausa. — Pode me chamar de Filha do Demônio, pode me chamar de demônio do fogo, sim, pode me chamar de *Animus*, se quiser. Consigo absorver energia de um celeiro em chamas ou de um carro em explosão, captá-la, usá-la.

Olho de relance para o relógio. **23:53:11**. Não aguento mais. Eles precisam fazer algo.

— Tenho tantas vidas, tantos nomes. Assisti à queda do Império Bizantino sob as mãos dos turcos otomanos. Vi a cabeça de Cromwell numa estaca. Vi a libertação da França e a queda do Muro de Berlim. Vi cidades, monarcas, dinastias e presidentes surgirem e caírem. Estou nesta terra há mais de seiscentos longos anos. Este mundo vai destruir a si mesmo em breve. Muito em breve. *As trevas estão a caminho.*

— As trevas? — Os pelos da minha nuca se arrepiam.

— Às quais nem você conseguirá resistir, criança. Consigo senti-las. Profundas, enterradas... mas há trevas até em você.

Não entendo o que ela quer dizer.

— Sim. As trevas estão vindo. Tudo vai mudar. Adaptar-se para sobreviver. E, agora, esta parte da minha vida terminou, e preciso me renovar. Preciso ter um espaço no mundo e me tornar totalmente física outra vez.

— Não vamos deixar você fazer isso — diz a professora Bellini com calma.

— E por que não?

— Você sabe o que vai acontecer. Com toda a energia acumulada e concentrada, seu corpo físico se tornará um receptáculo para a destruição, para a peste. Miranda seria apenas a primeira. Você precisará continuar se renovando o tempo todo... vasculhando o país em busca de alguém com esse vínculo psíquico quando o corpo enfraquecer, assim como seu corpo anterior enfraqueceu. *Quantos teriam que morrer, Katherine?*

A Animus sibila como uma serpente, circulando-a.

— Você acha que eu me importo? Acha que eu me importo com as pessoas que me abandonaram, me deixaram à mercê da morte, para queimar?

A professora Bellini ainda está calma.

— Você está *morta*, Katherine! Aceite isso! Tudo tem sua hora, e a sua chegou. As pessoas que a deixaram morrer já estão debaixo da terra há séculos. Não permita que isso se torne um ato de vingança.

Eu me encolho, olhando da Animus para a professora Bellini, depois para minha mãe. Ela parece calma, linda, decidida.

— Você não vai levá-la — diz ela. — Você não pode levá-la.

A Animus arregala os olhos, e uma luz vermelha pulsa saindo deles.

— Mas, veja... — sussurra ela. — Eu já fiz isso.

Seus olhos se tornam órbitas brancas, projetando línguas fustigantes de energia que queimam tudo em que tocam. Elas chicoteiam pela sala, incendiando, derretendo e chamuscando.

A Animus dá um passo à frente, com os braços esticados para um abraço mortal, pronta para me envolver. Para se tornar eu.

Ofegando, olho para o relógio digital. Os números vermelhos marcam **23:54:56**. Eles estão caminhando para o pico de energia controlado por computadores à meia-noite, e nada pode pará-los.

— Sinto a Máquina crescer — diz a Animus baixinho. — *Vai começar.*

CAPÍTULO 17

# Trevas

A lua brilha intermitente por trás de nuvens fracas e apressadas.

Estou num parquinho à noite. Tem cheiro de decomposição. Os balanços rangem ao vento frio, e uma risada — de crianças fantasmas — ecoa pelo solo de cascalho rachado e infestado de ervas daninhas. Os escorregas estão enferrujando. É como o Parque Craghollow — uma versão fantasmagórica dele. Mas é um sonho ou é real?

Acima de mim, manchas escuras serpenteiam no céu azul-negro. Podem ser pássaros, morcegos ou cinzas de uma fogueira. Os números do relógio digital aparecem no céu, como se fossem escritos por lasers.

**23:55:17**

O carrossel range, girando, mesmo sem ninguém nele.

Não — ela está nele. Com as costas viradas para mim, uma sombra encurvada. Ela gira, gira, até o rosto encapuzado ficar à mostra. Ela ergue o olhar para mim, e eu vejo seu rosto à luz da lua.

Ela tem o rosto de uma bruxa.

A pele não é mais brilhante nem branca como porcelana — é amarela, empoeirada, como o papel velho da Rubrica de Constantinopla. O nariz é adunco, e rugas profundas marcam o rosto, cortando a carne desfigurada por bolhas e pústulas. As mãos cheias de manchas marrons são como garras, com unhas quebradiças e veias bulbosas. Os dentes são como fragmentos de osso amarelo. O corpo chacoalha como se ela achasse muito esforço ficar sentada.

— Você viu isso várias vezes — diz ela com um sussurro áspero e agitado. — A forma à qual fui reduzida.

Recuo devagar.

— Onde estamos? Que lugar é este?

— Nossos corpos ainda continuam onde estavam. Mas, agora, estamos batalhando pela sua mente. — Um sorriso tenebroso se instala em seu rosto. — O vínculo: é tudo de que eu preciso neste momento.

— Não. Não vou permitir.

— Mas eu já sou muito *forte* dentro de você, Miranda May. Você é tão especial... Agora, não será necessária muita força de vontade para eu me tornar você. — Ela se levanta devagar.

**23:56:10**

— Não tenho medo de você — digo. Um vento frio arrasta folhas pelo chão.

É como se eu não tivesse falado.

— Eu ocupei seu corpo — sibila ela —, e agora vou ocupar sua mente. Pegue minha mão.

Ela vem na minha direção, esticando uma das garras, e eu saio correndo, tropeçando pelo parquinho, através do vento gelado e das folhas agitadas. Sob a espiral de cinzas ou morcegos ou pássaros. Sob as nuvens escuras e apressadas.

Sobre uma ponte de corda, uma figura conhecida está de pé, com o casaco escuro esvoaçando ao vento, os cabelos nos olhos, as mãos firmes nas cordas. Josh parece um almirante na popa de seu navio.

— Não a deixe vencer, Miranda! — grita ele. — Lute contra ela! Lute contra ela por nós!

Corro até os balanços, e ela está lá, balançando para trás... e para a frente... Para trás... e para a frente... Exatamente como eu. Paro e recuo devagar.

Lyssa surge das sombras atrás dos balanços, segurando o osciloscópio. As linhas agora estão enlouquecidas, lançando luzes verdes trêmulas pelo parquinho fantasmagórico.

— Agora você é uma de nós, Miranda. Fique conosco!

Ollie está ao lado dela.

— Você precisa ser forte! — diz ele com firmeza. — Eu perdi a Bex. Não quero perder você também.

E no topo do trepa-trepa está Cal, com os cabelos brilhando como fogo à luz da lua.

— Nunca dê a um inimigo motivos para se alegrar, Miranda. Estamos todos do seu lado. Concentre-se. Concentre-se muito!

Caio de joelhos.

A Animus está ali, na minha frente. Eu me arrasto até o escorrega e consigo subir os degraus, como se a altura me desse alguma ilusão de fuga. Mas isso só me faz sentir mais isolada, e agora estou no topo do escorrega, com frio, tremendo, esperando para descer, exatamente como eu fazia quando era criança.

Ela está esperando por mim no chão. Com uma das mãos retorcida como papel estendida.

Sinto-a puxar minha mente, querendo que eu largue a barra para deslizar até seu abraço.

— Você precisa de algo que seja seu.

É a voz de Josh, suave e urgente. Ele está ao meu lado na plataforma.

— O quê? — pergunto, desesperada.

— Não podemos ajudá-la agora. Você precisa encontrar algo que a Animus não possa pegar. Um pensamento, uma memória, uma emoção. Algo que enfraqueça o domínio dela sobre a sua mente e a expulse quando o processo de energia começar.

Ambos olhamos para o céu.

**23:57:10**

Não tenho muito tempo.

Algo que a Animus não possa pegar. Um pensamento puro. Algo que seja só meu.

**23:57:44**

Seus olhos estão brilhantes como uma fornalha, a garra estendida.

Não adianta. Agora o vento está gélido, como se o mar estivesse soprando da baía até o parquinho. Sinto que estou escorregando. A tentação de desistir é muito grande.

**23:58:01**

Penso em todas as pessoas que chegaram e partiram, viveram e morreram aqui. Os marinheiros e contrabandistas, as bruxas e as vítimas da Peste. Penso em como temos pouco tempo na vida, em como a nossa existência é curta e em como precisamos fazer com que ela valha a pena. Porque não há nada além. Tenho *certeza* disso. Sei que esta vidinha é tudo o que temos.

E quer saber? Não pretendo perdê-la de jeito nenhum.

**23:58:29**

— Sinto muito — sussurro, com os olhos fechados. — Sinto muito por você. Mas não vou deixá-la me levar também.

— Miranda. — É a voz de Josh outra vez, mais urgente, à margem da minha consciência. — O pico de energia.

Então, percebo que existe uma coisa. Existe uma coisa que ela jamais pode ter. Algo que sempre será somente meu.

Só preciso pensar nele, e ele aparece.

**23:59:21**

Eu me lembro daquele dia, um ano atrás.

*Estou de pé perto do túmulo, os olhos queimando de lágrimas. Está estupidamente ensolarado, as sombras estão muito nítidas e os pássaros, cantando alto demais. Os coveiros em longos casacos, movendo-se como se estivessem em câmera lenta, os grandes carros pretos reluzentes infiltrando-se na rua lisa e acinzentada. Minha mão se abre enquanto derrubo a terra arenosa da pequena caixa no caixão de madeira e o solo oculta o nome dele na placa. Sabendo que esta é a última vez que verei o local onde o corpo dele está. Virando para o outro lado, sem saber se devo sacudir a terra das minhas mãos, olhando para as pessoas em roupas escuras emolduradas pelo céu muito azul...*

Mas não. Não pense nisso.

Pense nele vivo.

Ainda mais distante, na minha memória especial e sagrada.

*Tenho dois anos de idade e é a primeira vez que desço sozinha no escorrega. Parece uma ladeira enorme e aterrorizante de metal, um grande mergulho no desconhecido.*

**23:59:44**

— Venha, Panda, meu amor — diz a voz dele baixinho. — Pode soltar. Pode soltar, que eu a pego se você cair.

**23:59:52**

*Olho para baixo, e ele está lá. Vejo as rugas do seu sorriso, o brilho no olhar e os braços estendidos ao pé do escorrega.*

— Pai — *digo suavemente, meus olhos ardendo com as lágrimas.* — Pai.

Sinto a Animus, sua raiva queimando na minha mente, na minha alma e no meu ser, e penso *não*.

*Você não pode levar isso. Você não pode ser eu.*

*Tenho algo pelo qual desejo viver.*

**23:59:56**

Solto a barra do escorrega.

E desço em direção à escuridão.

**23:59:59**

00:00:00

Escuridão total.

Não. Oito pontos de luz.

Brilhando, crescendo, vindo rápido na minha direção. A realidade se sintonizando de novo. A força voltando ao meu corpo.

Volto ao mundo com um solavanco, como alguém puxado de um túnel escuro para a luz do sol.

Inspiro grandes lufadas de ar. É como acordar de manhã depois de estar doente e beber uma água geladinha.

E ela está gritando conforme o poder se esvai dela, de sua própria vida.

Seu foco sumiu. Eu a rejeitei. Eu a repeli.

A coluna no centro da sala brilha em vermelho-cereja, depois alaranjado, e todas as telas de computadores começam a mostrar sequências infinitas de números e letras, antes de explodir em um esplendor de fagulhas. Exatamente como na escola. Há um forte cheiro de fumaça e enxofre. Um por um, os globos de vidro também estouram, despedaçando-se como lâmpadas. Eu grito, apavorada, cobrindo o rosto. Os alarmes soam, e os borrifadores são acionados. A água atinge o chão como uma centena de chuveiros elétricos, espumando em todas as superfícies, me encharcando.

A Animus chuta e se debate conforme o pico de energia *rouba* sua essência, arrancando-a da existência física. Com um último grito agudo, ela some da vista como se nunca tivesse existido. Tudo o que resta dela é uma pequena pilha de cinzas.

Estou encolhida no chão, resfolegando, desgrenhada, com as mãos cobrindo os olhos. A imagem do espírito do meu pai acenando está marcada na minha retina.

O relógio digital vermelho continua contando a hora a partir da meia-noite. Em frente, saindo das trevas e indo para a luz.

A fumaça flui pela sala como névoa marítima.

Vejo Josh dar um passo à frente e recolher a pilha de cinzas para dentro de um daqueles pequenos cilindros amarelos que eu o vi usar pela primeira vez no orfanato. Ele atarraxa a tampa do cilindro, guarda-o no bolso e acena com a cabeça para a professora Bellini.

Minha mãe vem na minha direção e me abraça, e eu choro com raiva por um ou dois minutos.

Ficamos ali de pé por algum tempo. Não temos motivos para nos mexer ou dizer qualquer coisa. Então, devagar, nos entreolhamos e, com um gesto de cabeça, nos compreendemos.

CAPÍTULO 18
# Resultados

**VELHA CASA DO VIGÁRIO: TERÇA 15:37**

— Vai ficar bem, sozinha? — pergunta minha mãe. Ela está com Trufa no colo, e a fralda dele está fedendo.

Tampo o nariz e faço que sim com a cabeça, tentando comer meus cereais com alguma dignidade enquanto ignoro meu irmãozinho fedorento.

— Kerry vem cuidar do Thomas. Tenho umas visitas a fazer.

Quer dizer que agora é Kerry? Eu me pergunto, rapidamente; o que aconteceu com Tash? Bem, essas "ajudantes" vêm e vão o tempo todo.

— Tudo bem — digo, com as narinas ainda tampadas.

— Sinceramente, Miranda. Você já foi bebê.

Decido não responder a isso, mas continuo comendo meus cereais e assistindo à TV Mundana, que tremula no canto do ambiente. Como se chama o programa? *O beijo de língua no marido evita o contato com o cachorro feio e gordo do meu bebê*, ou algo assim? Mal posso esperar para sair daqui e voltar para os meus amigos.

A mão da minha mãe é suave mas firme no meu ombro.

— Você foi incrivelmente corajosa — diz ela. — Mais do que qualquer um deles teria sido.

— Você acha?

— Eu sei.

— Eu realmente não sabia o que estava fazendo.

— Podemos ir a um médico. Se você quiser.

Balanço a cabeça.

— Sério. Não preciso.

Ela assente, como se aceitasse isso.

— Tem dever de casa?

— Matemática. Já fiz.

— Sério? — Ela estreita os olhos. — Tem certeza?

Arregalo os olhos, com a colher a meio caminho da boca.

— Se não acredita em mim, olhe na minha mochila! Quinze equações, todas prontas. Fiz ontem à noite.

Tudo bem, Josh me ajudou a fazer os exercícios mais rápido, usando um site trapaceiro. Mas está tudo pronto. E não preciso de matemática para ser uma Caçadora de Sombras. É assim que nos chamamos oficialmente agora, segundo a professora Bellini.

— Está bem — diz minha mãe. — Só quis perguntar.

É bom não ter que mentir, porque acho que ela saberia. É mais fácil ao telefone, mas não cara a cara.

— Tudo certo para o boliche no próximo fim de semana? — pergunta ela.

Boliche? Próximo fim de semana? Vasculho meu cérebro, tentando me lembrar se isso é algo que eu deveria saber. Tomo um grande gole de chá para disfarçar minha confusão.

— Claro. Próximo fim de semana... claro.

— Está tudo bem — diz ela com suavidade. — De verdade.
— Ela se agacha, seus olhos ficam no mesmo nível dos meus, e dá seu sorriso mais acolhedor. — E agora não precisa mais mentir para mim sobre quem você é.

Faço que sim com a cabeça e sorrio.

— Mãe?

— Sim, querida?

— Há quanto... há quanto tempo você sabia?

— Sobre os outros? Ou sobre a Animus?

— Os dois.

Ela abaixa os olhos por um segundo.

— Eu sabia que havia um tipo de trevas ao seu redor. É meu trabalho perceber essas coisas. Mas não sabia o que era. Nem como ou quando atacaria... e fiquei muito preocupada com você. Senti muita culpa.

— E sobre a professora Bellini e os outros?

— Sei praticamente desde que você se uniu a eles. — Ela sorri. — Todos os clubes que você dizia frequentar. Não eram muito convincentes. Eu me pergunto que histórias os outros contam aos pais.

Nunca pensei nisso.

— Não sei.

— De qualquer maneira, fiquei dividida sabendo que você estava se pondo em perigo, mas, ao mesmo tempo... eu sabia que, se alguém podia ajudá-la a superar o que estava destruindo você, esse alguém era a srta. Bellini, junto com a equipe. Eu tinha que deixar acontecer. Há vínculos de altíssimo nível entre os contatos da srta. Bellini e... bem, digamos, certas autoridades que eu conheço. Eles têm... redes de contatos.

Isso deveria me surpreender, mas, por algum motivo, não me surpreende.

— E você não disse nada? — pergunto.

— Eu não queria pôr tudo em risco. Poderia colocar você em mais perigo. E assim vai permanecer. Se você disser à srta. Bellini que quer continuar, não vou interferir, não vou pressioná-la. Mas você sabe que estou por aqui se alguma coisa... perturbá-la de novo.

Faço que sim com a cabeça e sorrio.

— Obrigada, mãe.

— Você sabe. Eu não demonstro, mas... me preocupo demais com você. Quer dizer, já basta você estar crescendo e se adaptando a um lugar novo... Mais tudo isso, ainda por cima. Preciso que você esteja segura.

— Estarei — prometo.

Ela toca na minha bochecha outra vez.

— Você é tão importante, Miranda... Tão importante de tantas maneiras...

Sei que ela já me disse isso antes, não faz muito tempo. Mas parecem anos. Suas palavras parecem ecoar no tempo. Mas são boas palavras, elas me tranquilizam.

Está tudo acabado, e a poeira baixou.

Ontem à tarde, Josh e eu fomos à estação de energia, mas nem conseguimos chegar perto. O lugar estava isolado — fitas, cercas com telas, guardas armados em roupas amarelas com cachorros enormes com cara de famintos, essa coisa toda. Lonas de plástico sobre as janelas quebradas.

Vimos homens em roupas de camuflagem e capacetes com visor entrando e saindo do prédio, carregando caixas para dentro de caminhonetes do Exército. Eles nem perceberam nossa presença, parados e espiando.

Dois garotos. Somos meio invisíveis, sabe? Corremos nas sombras.

— Agora não é nosso problema — disse a professora Bellini no laboratório de física na escola. — Os caras com botinas entram e limpam tudo. É o que eles fazem melhor. E, por enquanto, nosso suprimento de energia elétrica continua como sempre foi.

Eu me pergunto sobre os jornais e os noticiários na TV, e a mídia não oficial, como blogueiros e tal. Mas parece que nada vazou. É assim que o mundo adulto funciona. A professora Bellini diz que as pessoas gostam de ser céticas, mas acabam acreditando naquilo que lhe dizem, e mesmo quem não acredita costuma acreditar quando recebe algum dinheiro.

Algumas noites, fico acordada pensando na Forma. A Animus. Katherine Brampton, a garota bruxa.

Penso no instante em que ela foi consumida pela energia que ela deveria ter absorvido para se tornar eu. E eu não deixei. Descobri a única coisa que era minha e só minha, aquela memória preciosa. E, enquanto a tempestade rugia ao meu redor, eu me agarrei a ela como uma garota se afogando agarrada em um tronco boiando.

Agora, no meu quarto, estou pensando nas fotos da escola que vimos no monitor no Hotel Seaview com o mesmo rosto em todas elas. Ela tinha sido esperta. Tinha usado o software Image-Ination para alterar as garotas originais com a imagem de Jade, para nos despistar — por tempo suficiente para tudo funcionar como ela queria. Pobre Jade. É apenas uma garota comum presa em toda essa confusão, e sem saber de nada. Foi bom ela ter ido embora para a casa da avó naquele momento. Foi sorte.

Mas uma coisa ainda me incomoda. Algo não se encaixa.

Ouvi os cavalos em alguns dos meus sonhos, e depois a Animus nos contou sobre eles.

*Cavaleiros armados. Com pele escura. Carregando tochas incandescentes.* Eles queimaram a floresta para se livrar da Peste. Para exterminar a Peste Negra da terra. Talvez. Mas quem eram eles?

Sei que não vou descobrir isso tão cedo. Algo me diz que vi um fragmento de algo maior, uma janela para alguma coisa mais profunda e mais sombria, além deste lugar e desta época. Mais sombras para caçar, ou de que escapar.

Vou precisar dos meus amigos ao meu lado.

**CAFETERIA NA ORLA, FIRECROFT BAY: SÁBADO 10:19**

Antes de entrar, vejo Jade do outro lado da rua. Ela está sentada à mesa da janela na cafeteria, com uma Coca Diet na frente. Ela está olhando o mar, e seu piercing no nariz cintila à luz da manhã. Ela ainda não me viu.

Percebo que este é exatamente o local onde aquele caminhão quase me atropelou. Um arrepio percorre meu corpo. Atravesso a rua com cuidado, da mesma forma como me ensinaram. Olhando para os dois lados e ouvindo o tempo todo.

É, o Código da Cruz Verde. Boa garota. Pode falar o que quiser de mim, mas não cometo os mesmos erros duas vezes.

O sino da porta ressoa quando entro na cafeteria, e ela sorri quando ergue o olhar e me vê. Vou até ela e dou um abraço bem apertado.

— E aí, como você está? — pergunto.

Ela dá de ombros.

— Ah, você sabe. Nada mal.

Sentamos.

— Você fugiu — digo baixinho. — Não disse a ninguém onde estava.

Jade sorri.

— Eu só estava na casa da minha avó. Não chamaria isso de fugir.

— Verdade — admito. — Se é para chamar de fuga, é uma fuga ruim. Fraquinha, na verdade. Quer dizer que você vai ficar por aqui?

— É. Vou ficar por aqui. Decidi que ficar entediada aqui era melhor do que ficar entediada lá.

— O Copper Beeches vai aceitá-la de volta?

— Por enquanto. A velha Armitage não ficou muito feliz comigo, mas, bem da verdade, quando ela está?

— Ela não parece ficar feliz com facilidade.

— Que nada. E você? O que aconteceu? Alguém me disse que você esteve em um incêndio ou coisa parecida. — Ela estreita os olhos para mim e toma um golinho da Coca sem desviar o olhar.

— Não... na verdade, não. Bem... eu ajudei a... evitar um acidente. — Estou tentando não mentir diretamente para Jade, mas sem lhe contar coisas que possam me comprometer. — Olhe, é difícil.

— Tem a ver com os Esquisitos? — Jade levanta as mãos. — Tudo bem. Não precisa me contar. Não quero saber. Desde que, você tenha tempo para suas amigas normais de vez em quando, não vou me incomodar. Está bem?

— Está bem — concordo. — É o nosso trato, Jade.

— Quer me visitar hoje à noite? Alguns dos caras do Copper Beeches vão pedir uma comida para ver um DVD. Todos nós podemos convidar um amigo.

— Claro. Obrigada, Jade. Vai ser ótimo.

Sorrio para a amiga na qual eu quase não confiei. A amiga de quem eu estava preparada para pensar o pior. Eu quase desisti dela. Que tipo de pessoa isso me torna?

Vou ter que pensar nisso.

## HOTEL SEAVIEW: SÁBADO 12:19

— Certo — digo eu. — Isso vai exigir um pouco de reflexão.

Josh suspira e cruza os braços.

— Não se apresse, Miranda. Afinal, não vamos a lugar algum nas próximas horas.

Eu me recosto na mesa de sinuca, tentando mirar com o taco como Josh faz, imaginando a força que posso aplicar ali.

— Quer dizer — continua Josh —, não temos nada melhor para fazer.

— Firme o taco, Miranda — diz Lyssa, observando de fora.

Cal está empoleirada num banco alto, lendo um livro, mas com um olho no jogo.

— O segredo — diz ela, sem erguer o olhar do livro — é não olhar demais para a bola, ou você vai acabar batendo nela fora do centro.

Ela está certa. Você mira com o taco e olha para o buraco, para onde a bola vai. Se olhar para a bola, não conseguirá o ângulo certo. Cutuco a bola branca com o taco, sentindo a suavidade da madeira sobre a ponte formada com a minha mão.

Então, puxo o taco e acerto a tacada.

Atingi a branca em cheio. Observo, sem ousar respirar.

Ela corre pela mesa, bate na parede à frente, volta, ainda com um bom impulso, e bate na vermelha em que eu estava mirando — e a faz rolar, rolar até a borda do buraco... balança...

E cai.

— *Yesssss!* — Dou um soco no ar. Giro nos calcanhares, apontando para Josh com o taco. — E agora, Mestre da Sinuca!

Cal controla o riso. Lyssa aplaude.

Josh parece chateado e não me olha diretamente.

— Calma, Miranda. É só uma vermelha.

— Ele não sabe perder, não é? — pergunto às garotas.

— Nunca — responde Lyssa. — Embora ainda existam cinquenta e sete por cento de chances de ele vencer. — Olho para ela, surpresa. — Com base no modelo de jogos anteriores — completa.

Bem, certo. Tenho que tirar o chapéu para a matemática de Lyssa. Balanço a cabeça e rio, olhando para Cal com cuidado.

Ela sorri para mim. Fico feliz.

— O jogo ainda não acabou — diz Josh, debochado, enquanto estou rondando a mesa e mirando a próxima tacada. — Só haverá um perdedor quando terminarmos.

— É — digo eu —, e será você.

Atrás de nós, a professora Bellini tosse discretamente.

— Odeio interromper um momento tão importante — diz ela. — Miranda? Posso pegar você emprestada? — Ela me chama com o dedo.


## CÁPSULA: SÁBADO 12:23

Eu me jogo na cadeira giratória de couro e ponho os pés sobre a mesa, cruzando os braços. Sorrio para a professora Bellini.

— Bem confortável — digo. — Nunca se sabe. Daqui a vinte e cinco anos, professora Bellini, poderá ser você.

Ela se vira, espiando-me sobre os óculos.

— Não concordo, Miranda.

— Não? — Mal consigo disfarçar a decepção na minha voz.

— Não. Eu diria uns quinze anos.

Sorrio. Mas ela parece muito séria ao dizer isso. Como se ela soubesse de algo que eu não sei. Bem, vamos encarar os fatos: a professora Bellini sempre sabe de coisas que não sabemos.

Olhando para a mesa, percebo que ela está com os três potes metálicos arrumados outra vez.

Ao perceber que estou olhando para eles, ela faz um gesto.

— Você se lembra? Acho que agora você consegue.

Eu me lembro de quando ela fez esse truque comigo. Parece que faz séculos. Balanço os pés, encaro os potes por algum tempo e começo a mexê-los.

— Não se esqueça — diz a professora Bellini baixinho, enquanto senta em frente a mim. — A velocidade das mãos engana os olhos. — Ela pega a bolinha branca, ao que parece, do nada, e a segura entre o dedão e o indicador com uma luva preta.

Levanto um dos potes, e a professora Bellini põe a bola sob ele com cuidado. Movimento os potes, devagar no início, depois mais rápido. A professora Bellini está observando com atenção. Eu os movimento por mais ou menos um minuto, aplicando a pressão suave dos meus dedos à superfície macia dos potes.

Por fim, eu paro, deixando os potes perfeitamente alinhados. Aponto para eles.

— Vamos lá. Qual deles?

Imediatamente, o dedo indicador enluvado da professora Bellini dá um tapinha no pote à minha direita.

— Acho que é essa.

— Tem certeza? — pergunto, cheia de gracinhas.

A professora Bellini estica as mãos.

Levanto o pote, e a bola sumiu.

Ela sorri e assente em aprovação.

— Agora os outros.

Levanto o segundo pote, e não há nada sob ele. E o terceiro — e também não há nada ali. A bola desapareceu.

A professora Bellini aplaude, encantada.

— Miranda! Você andou praticando.

Dou de ombros, sorrindo.

— Fiz umas pesquisas. Não tem nada a ver com *mágica* nem com prestidigitação. É apenas ciência, pura e simplesmente. — Viro o último pote e passo o dedo ao redor do filamento quase invisível de elementos de calor embutidos na superfície interna macia. — Ele esfria muito rápido. Do que é feito?

— Uma liga de titânio. — A professora Bellini parece indiferente. — É usada pelas forças militares americanas em bombardeiros invisíveis. Inteligente, não é?

Faço que sim com a cabeça.

— E a bola... é algo que... sublima rapidamente? Se transforma muito fácil de sólido em gás?

A professora Bellini faz que sim com a cabeça.

— Uma alotropia mutante de nitrogênio líquido. Inofensiva ao toque. Sob o mais leve calor, ela se dissolve em segundos, sem deixar rastro: apenas um gás inofensivo sem cor e sem odor. Um gás encontrado em abundância na atmosfera. — A professora Bellini me dá um amplo sorriso satisfeito. — Você descobriu quase tudo, Miranda. Parabéns.

Eu sabia que ela não tinha sumido com a bola usando prestidigitação. Mas e o resíduo? Bem, a própria professora Bellini nos ensinou sobre sublimação — transformação de sólido em gás — em ciências há apenas uma semana ou coisa assim. Ela fez isso com iodo, mas outras coisas também sublimam. Então, restou apenas perguntar de onde vinha o calor para o processo

Eu não sabia isso com certeza até poucos minutos atrás, quando inspecionei a superfície interior dos potes hemisféricos com mais atenção. Elementos de calor quase invisíveis, finos como uma linha, embutidos na superfície interna e ativados pela pressão dos dedos no fundo do pote.

— Sabe — diz a professora Bellini —, eu penso muito no que Arthur C. Clarke disse.

— O cara do *2001*?

— Isso. Ele disse que qualquer tecnologia avançada o suficiente é quase indistinguível da mágica. Precisamos manter a mente aberta, Miranda, mas ser sempre analíticos. Mergulhar de cabeça em um problema com uma reação emocional nem sempre funciona.

*Eu a pego se você cair.*

— Às vezes funciona — digo.

Percebo que ela sabe o que quero dizer. Que, às vezes, pensar não é suficiente, e você precisa apenas fazer o que acha certo.

— Venha comigo — diz a professora Bellini. — Tem mais uma coisa que eu quero lhe mostrar. Ah, sim... você vai precisar de um casaco.

### HOTEL SEAVIEW, PORÃO: SÁBADO 12:37

O elevador é daqueles antigos, de madeira, que rangem, ainda mais escuro e apertado que o do saguão. Descemos em silêncio.

Por fim, ele faz um som metálico e para, e a professora Bellini abre a porta manualmente, ficando ao lado das portas duplas de aço cortante. Elas fazem um som grave de pancadas e estrondos que ecoa pela região onde paramos, e aí eu tenho uma noção do espaço. Até onde consigo ver, é como um enorme depósito de carga, com estantes alinhadas.

Já estive no porão de armazenamento, o Nível Zero, para pegar caixas de papel para impressão e coisas assim — mas logo vejo que não é o mesmo lugar em que estamos. Parece estranho.

— Onde estamos? — pergunto. Há um cheiro de poeira e mofo, e está frio; um calafrio sobrenatural escapa de cada superfície, e o ar está invernal, como se quase desse para mordê-lo, do tipo que vem antes da neve.

Agora entendo por que ela me mandou trazer a jaqueta. Fecho o zíper e abotoo o colarinho.

— Nível Menos Um — diz a professora Bellini baixinho.

Olho para ela.

— Não sabia que tínhamos um Nível Menos Um.

Olho de volta para a coluna de botões no elevador ainda aberto atrás de nós. Ela termina no zero.

Ela me dá um sorriso rápido.

— Não temos. Pelo menos, não oficialmente. Chama-se *negabilidade plausível*.

— O que significa?

— Significa que, se alguém vem investigar, ninguém sabe dele. — A professora Bellini estende o braço esquerdo e aponta com a mão direita o relógio dourado que está no pulso esquerdo.

Ouve-se um clique, depois um CHUNG! alto, e um grupo de luzes enfileiradas se acende de repente sobre nós.

Eu pisco.

Uma sequência de sons semelhantes se repete ao longe, à medida que outras luzes se acendem mais e mais distantes de nós, revelando aos poucos uma passarela de metal a cerca de um metro do chão. Ela é demarcada por fileiras do que parecem ser armários de arquivo. Vejo outras passarelas semelhantes desaparecendo ao longe, em níveis diferentes.

— Bem-vinda ao Arquivo — diz a professora Bellini.

Engulo em seco e olho para o vasto espaço à minha frente.

— Isso vai muito além do subsolo do Hotel Seaview.

— Vai. Eram antigos abrigos da época da guerra. Você precisa saber disso para o futuro, agora que vai ficar conosco. Você vai ficar conosco, não é? Ótimo. Venha cá.

Percebo que ela não esperou a resposta à pergunta. Eu a sigo pela passarela de metal, nossos passos ressoando e ecoando, nossas sombras intensas sob a forte luz branca.

Cada um dos armários de arquivo, ou escaninhos, ou o que quer que sejam, tem um cadeado grosso com senha de nove números na porta, em vez de uma fechadura normal.

— O que tem aqui dentro?

— Materiais lacrados — responde a professora Bellini. — A era digital é ótima, mas algumas coisas simplesmente não podem ser reduzidas a pixels.

— Lacrados? Tem muita coisa.

A professora Bellini sorri.

— Eu me mantive ocupada. Dez anos, mais ou menos, antes de eu vir para cá e reunir essa equipe. Os frutos do meu trabalho.

Subimos alguns degraus de metal e chegamos a uma área circular aberta no fim das fileiras de escaninhos, onde a luz é mais fraca e mais arroxeada.

A professora Bellini segura algo e me mostra.

— Temos um acréscimo para a coleção.

É o cilindro amarelo. Foi etiquetado com um código de barras e marcado com uma data.

— A Animus? — pergunto com um leve tremor.

A professora Bellini faz que sim ligeiramente com a cabeça.

— O que restou dela. Sim. Pegue. — Ela joga para mim.

Dou um pulo ao pegar o cilindro.

Encaro a superfície amarela fosca, segurando cuidadosamente com a ponta dos dedos enquanto a professora Bellini gira o marcador do relógio outra vez.

Ouve-se outro CHUNG!, e, desta vez, mais ou menos uma dezena de colunas de luz azul desce de repente, formando poças de brilho no chão em frente a nós, numa forma semicircular. Em cada uma há o que parece ser uma coluna de vidro fumê, com um pequeno painel de controle.

— Restrição máxima — diz a professora Bellini, explicando.

— Apenas para os itens mais perigosos.

Ela joga o cilindro dentro da coluna de luz. Para minha surpresa, ele não cai. Fica flutuando no ar.

— Como fez isso?

— Campos magnéticos, principalmente. Você conhece Faraday?

Faço que sim com a cabeça. Afinal, ciências é uma aula à qual eu realmente presto atenção.

— Pois então. — A professora Bellini dá um passo atrás, e a coluna de vidro desce. Ela digita um código no painel outra vez. — Está presa.

Continuo encarando o pequeno cilindro, flutuando ali, apoiado em nada.

Penso em todos os séculos que ela viveu, nos quilômetros que ela viajou, nas coisas que ela viu. Sempre encontrando fontes de calor, luz e energia. Absorvendo, exalando. Absorvendo, exalando. Presa para sempre no ciclo do incêndio que a salvou da Peste, mas a condenou à vida eterna.

Todas aquelas personalidades. Todas aquelas vidas. Todas aquelas experiências e amores e...

— Professora Bellini — pergunto —, eu não a *matei*, não é?

A professora Bellini suspira e, com delicadeza, põe o braço sobre meus ombros.

— Criança, ela não estava *viva*, não no sentido que eu e você entendemos. A forma humana normal dela teria sobrevivido por, digamos, no máximo cinquenta anos, sendo mulher na Idade Média? Ela não deveria *estar* neste lugar, nesta época. Nós ajeitamos as coisas.

Levanto o olhar e sorrio.

— Claro — digo. — Claro que sim.

— E, de certa forma, ela nos ajudou.

— É?

A professora Bellini faz que sim com a cabeça, fitando os cofres escuros.

— Sabe, criaturas como a Animus, podem não ser o verdadeiro inimigo que enfrentamos. São apenas... manifestações de seus efeitos, se você preferir. Se o inimigo é um incêndio, elas são as sombras tremeluzentes na parede, as fagulhas espalhadas pela brisa e rodopiando como vaga-lumes na noite.

— Isso é muito poético, professora Bellini. Eu gostaria de saber o que significa.

— Você vai entender. — A professora Bellini gira o relógio outra vez, e as luzes das colunas se apagam. — Venha — diz ela. — Preciso conversar com você junto com os outros.

Ela se vira e anda pela passarela, em direção ao elevador, com os saltos ressoando no metal.

Olho por cima do ombro uma última vez, para a escuridão do Arquivo atrás de mim.

Então ponho as mãos nos bolsos da jaqueta e sigo a professora Bellini até o elevador.

A professora Bellini olha para cada um de nós por vez, mantendo as mãos bem cruzadas, como costuma fazer quando tem algo importante a comunicar.

— Todos vocês se saíram muito bem naquele dia — diz ela. — Estou satisfeita com vocês.

Penso nas redes de contato que minha mãe mencionou. Eu me pergunto se mais alguém ouviu e está satisfeito conosco.

Nós nos entreolhamos, sorrindo com orgulho. Não dá para evitar.

— Mas tem o seguinte: faremos uma... reestruturação por aqui — diz a professora Bellini. — Quero pedir a Miranda para ficar conosco em tempo integral.

— Bem — diz Cal —, o mais perto de tempo integral que todos nós podemos. Temos trabalho da escola e tal.

— É verdade — diz a professora Bellini. — Mas ninguém aqui parece ter problema com isso... Você sabe que precisamos de alguém como você, Miranda, não apenas pelos seus dons... precisamos de alguém um pouco ousado. Alguém não apenas com coragem para tomar decisões, mas com a ousadia de fazer as coisas de maneira um pouco diferente. Como você disse antes: não se trata necessariamente apenas de pensar.

Fico nervosa em relação ao grupo. Será que eu realmente pertenço a ele? Nos últimos dias, tenho me perguntado o que aconteceria, agora que tudo acabou. Porque sei que eles têm investigado muitas ocorrências estranhas em Firecroft Bay e sei que Ollie, por exemplo, precisa de respostas a algumas perguntas... Talvez os outros também precisem. E tem a questão dos cavalos.

Não gosto de perguntas sem respostas. Mas é isso que a vida oferece.

— Não sei se estou pronta — digo, mas, ao me ouvir, não estou convencida.

— Você já é parte do grupo, Miranda May. — A professora Bellini se inclina para a frente, com um leve toque de sorriso;

apenas uma sombra dele. Seus olhos estão brilhantes e negros por trás dos óculos. — Eu não conseguia ver o que estava debaixo do meu nariz, pessoal. Isso me assusta. Também assusta vocês? Espero que sim. E isso me fez pensar em algumas coisas.

— Ainda não estou certa disso — digo. — Tenho apenas doze anos!

— Vai fazer treze na semana que vem, pelo que eu sei. — Ela ergue as sobrancelhas.

Droga. Com tudo o que tem acontecido, acabei me esquecendo por completo do meu aniversário.

Ahhhh... boliche. Era *disso* que a minha mãe estava falando. Minha comemoração de aniversário.

Ela estava me perguntando se eu ainda queria ir ao boliche comemorar meu aniversário, e eu agi como uma idiota. Sinto vontade de bater com a cabeça na palma da minha mão, como fazem nos seriados de comédia.

— Então? — pergunta a professora Bellini. — Qual é a resposta, Miranda? Sim ou não?

— Não vou desapontá-la, professora Bellini — respondo.

Ela assente.

— Eu sei. Você é especial, Miranda, e precisamos de você do mesmo jeito que você precisa de nós.

Ela me fita por um segundo a mais antes de se virar e voltar para a Cápsula.

Nervosa, eu me viro e olho para Josh. Seus olhos estão meio ocultos pela franja, e sua expressão não revela nada.

Até que ele diz:

— Bem-vinda à equipe, então. Garota *Especial*. — Há um tom contundente nisso.

Dou de ombros.

— Eu me sinto... meio estranha. — Sorrio para os outros. — Tenho certeza de que vou me acostumar, pessoal.

Há uma pausa momentânea.

— Vai, sim — diz Cal baixinho.

Lyssa e Ollie sorriem.

— Vai ser bom ter você por perto — diz Ollie, acenando de um jeito afável com a cabeça.

— Agora são mais garotas do que garotos — comenta Lyssa com um sorriso atrevido.

Sorrio.

— Obrigada. De verdade. Não vou desapontar vocês.

Ah, e eles sabem que também vou cuidar deles. Afinal, eles não rejeitaram a ideia de me usar quando foi necessário.

Josh vai para a mesa de sinuca. Ainda é minha vez, mas não digo nada. Com um movimento suave, ele alinha a tacada, se inclina, move o taco e manda a branca como um canhão para a preta. Ela voa pela mesa e entra no buraco mais distante.

Ele volta até nós cheio de si e me devolve o taco.

— Bem — diz ele, com um meio sorriso —, acho que você vai se encaixar bem.

Sorrio em retribuição e vejo algo em seus olhos travessos por trás da franja descabelada. O que seria? Confiança, afeto, amizade? Ou algo mais? Por enquanto, não sei dizer.

Parece que estamos de volta ao trabalho.

Não importa o que aconteça.

Meu nome é Miranda Keira May. Tenho treze anos e sou uma garota comum vivendo uma vida extraordinária.

Neste lugar no fim do mundo, meus amigos e eu vemos coisas que não deveríamos ver. E sabemos coisas que não deveríamos saber. Sobre fantasmas, demônios e conspirações. Neste lugar onde a terra se encontra com o mar, onde a fantasia se encontra com a realidade, onde os sonhos se encontram com o despertar. Nesta cidade de histórias, mitos, segredos. Da vida à margem do que se chama realidade. De coisas para as quais as autoridades não têm tempo, de histórias que nossos pais nos dizem ser apenas lendas.

Há trevas caindo sobre esta terra, e nós conseguimos vê-la. E estamos sendo treinados pela nossa mentora, a srta. Bellini, para enfrentá-las.

Somos apenas um bando de jovens — a cara perfeita para a organização secreta perfeita. Investigamos o esquisito, entendemos o estranho, pensamos o impensável, restauramos o equilíbrio do mundo.

É bom você acreditar na gente. Estamos aqui para salvar você.

Ninguém mais vai fazer isso.

Sabe, é assim que as coisas são, é assim que o mundo funciona. Foi isso o que aprendi.

As trevas à margem da cidade, o sussurro no gramado como um fantasma passando, as formas no canto do seu quarto, as sombras nas ruas e as coisas que aparecem nos seus sonhos...

Tudo isso nos diz alguma coisa.

Há mais nesta existência do que eu jamais imaginei. Há mais nesta vida do que eu jamais teria sabido.

Essas coisas vêm de outro lugar. E são todas reais. Tão reais quanto ruas, casas e carros. Tão reais quanto a sua família e os seus amigos. Tão reais quanto o medo, tão reais quanto a dor e o arrependimento.

E tão reais quanto o amor.

## AGRADECIMENTOS

Eu gostaria de agradecer ao Conselho de Artes da Inglaterra por fornecer um generoso patrocínio que ajudou muito no término do primeiro manuscrito deste livro; e também ao meu amigo, o poeta Rob Hindle, por me dar a inspiração para me candidatar ao patrocínio.

Obrigado à equipe da Chicken House pelo entusiasmo e pelas dicas úteis e construtivas o tempo todo; e à Caroline Montgomery por ser uma agente tão trabalhadora e aplicada.

Como sempre, meu amor por Rachel, Elinor e Samuel, por serem minha família compreensiva e paciente há tanto tempo.

Meu pai, Brian Edwin Blythe, morreu alguns meses antes de o manuscrito final deste livro ficar pronto. Ele é dedicado à memória do meu pai e à memória das tantas vezes que ele me levou à biblioteca e deu início ao meu amor eterno pela leitura.

www.danielblythe.com

Impresso no Brasil pelo
Sistema Cameron da Divisão Gráfica da
DISTRIBUIDORA RECORD DE SERVIÇOS DE IMPRENSA S.A.
Rua Argentina 171 – Rio de Janeiro, RJ – 20921-380 – Tel.: 2585-2000